中国专业作家作品典藏文库

中国专业作家作品典藏文库
石钟山卷

关东往事

石钟山 著

中国文史出版社

目　录

报　到

马天阳从长春坐火车赶到了哈尔滨。上火车时，雪一直在下。坐在火车上，车窗被霜封死了，外面什么也看不到。车厢里人不多，稀稀落落几个，其他车厢也大抵如此。车厢里冷得出奇，自己呼出的哈气，一团一缕的。几个小时的车程有些难耐，他伸出手掌把车窗融开，露出巴掌大的洞，他扭着脖子向外面看，目光所及之处的田野都是白茫茫的一片，一个人影也见不到。不一会儿，融化开的一小块窗户就被霜封死了，他索性不看了，跺着脚。他发现，其他人也跟着在跺脚。

他的目光很快被角落里的一个青年女子吸引了，那女子穿灰色格子的呢子大衣，身上背着个小包，样子像名大学生。

他定睛看女孩，女孩意识到了，抬眼也向他这里看了一眼，很快就收回了目光，专心地在窗霜上画着图案。

他恋恋不舍地扭过头，心想：这姑娘长得赏心悦目。因为发现了这个姑娘，几小时的时间，变得不再那么难熬了。

那姑娘也在哈尔滨车站下的火车，一下车就被另外一个女人接走了。两人小声地说着什么，走得很快，连头也没回一下。

他在出站口，看到一个穿警察制服的小伙子，手里举了一块用硬纸壳做的牌子，上面写着：马天阳。他想，接的就是他了。他向小伙子走过去，路滑差点跌倒，他背着行李卷，手里提着包，这是他全部家当了。小警察咧了下嘴，吸了吸鼻子问：你就是长春来的马天阳？

他点点头说：我是，辛苦你了。

小警察没搭他的茬，转身就走，走了两步才说：跟我来。

他小心地跟着他走去，路都结了冰，他走得分外小心。

不远处，停了一辆三轮车，小警察把写着他名字的纸壳扔到三轮车上，冲他说：上车吧。

他把行李和提包放到平板三轮车上，小警察从兜里掏出一枚钥匙，蹲下身去开锁，这时他才发现，车轮被一条铁链锁到树上了。

解开锁，小警察骑上去，头也不回地冲他说：上车吧。

他犹豫一下，还是坐到车上。小警察弓起身子用力地去蹬车。他心里有些不忍，不知说什么好，冲小警察的背影问：贵姓？

姓张，以后你就叫我小张好了。小警察头也不回地说。

车骑了有一会儿，从大街上下来，又走了两条小巷子，最后骑进一个灰色的门。门上有牌子，牌子上写着：哈尔滨市道里警察局。

小张把车停好，帮他拿过车上的东西，他去抢，小张没理他，仍拿过东西，向一扇门走去。这是一扇比其他的门宽大许多的门，门楣上有牌子：局长办公室。

小张喊了一声：报告。话音未落，就用膀子把门挤开了，他在后面忙跟上。

走进屋内，一下子温暖起来，一只很旺的火炉在屋中央燃着，铁皮烟囱呼呼有声。小张冲坐在桌后的一个老警察说：局长，人我已经接回来了。

被叫局长的人"嗯"了一声。

小张把他的行李和提包放在墙角的沙发上，走到门边，回过头冲局长道：局长，有事你就喊我。

局长挥了下手，小张就出去了，身后是关门声。

马天阳立正站好，打量着眼前的局长。局长四十多岁的样子，身子有些胖，穿警服，一只皮帽子放在桌角。桌上放着几份文件，还有纸笔，榆木墩子做的烟灰缸里插满了烟头，像一座小山似的矗在局长面前。局长伸手抓过烟，烟是"哈德门"牌的，点上吸一口，眯眼看他。

局长：中央警校毕业的？

他忙伸手在怀里掏证明信，这是中央警校开具的，上面有他的名字，还有毕业的专业等等。他把盖有"'满洲国'中央警察学校"印章的证明端正地摆放在局长面前。

局长没看，把吸了半截的烟戳在堆成小山似的烟灰缸里：那你应该会说日本话喽？

他立正站好：报告局长，学校里学过。

局长用一双粗手在脸上撸了两把：妈了个巴子，不会说日本话，老被日本人糊弄。这下好了，你以后给我当副官兼翻译官。

说完想起什么似的问：你叫什么来着？

他马上说：马天阳，证明信里写着呢。

他忙把放到桌上的警校证明拿起来举到局长面前。

局长一手把证明又按在桌子上：我不认字，你不用给我看。对了，我姓魏，赵钱孙李那个魏。

马天阳吃惊地看着魏局长。

魏局长冲外面喊：小张，小张！

小张应声而入，就是刚才接他来的那个小警察。

魏局长说：带他去那间收拾好的宿舍。

小张走到沙发旁提起他的行李和提包。

局长又交代：跟大伙说一下，这是新来的副官，兼我的翻译官。

小张站好：是，局长。又看了他一眼，目光多了几分敬畏，拉开门冲他道：副官请。他走出去。

身后局长冲外喊：他姓马。

局长办公室在前院，过一个月亮门就是后院。后院是一排宿舍，他被安排在一个把角的宿舍里，有床，一桌一椅，靠墙还有个木柜子。

小张把东西放下：马副官，就是这间了。我就住在你隔壁，以后有事你吩咐。

他说：谢谢小张。

小张：你是副官，我应该的。

小张退出去。

他坐在椅子上，伸手抹了一下桌上的灰，心里想：这就是我的家了。隔着窗子，看到外面的雪又大了起来。

任　务

前几日还是“满洲国”中央警校的一名学生，几天后，他便成了哈尔滨道里区警察局的一名副官兼翻译官。

中央警校毕业前夕，中共长春地下党组织负责人老三找到了他，把他带到离学校不远的一家杀猪菜馆里。以前组织有活动，他经常和老三见面，“老三”自然是代号，老三的真实姓名和历史没人能够了解。老三就是地下党的代表，代表着组织，老三的话就是命令。中央警校经常闹学生运动，反对建立“满洲国”，反对日本人占领东北。中央警校虽然培养的是“满洲国”的警察，入学前是经过严格挑选的，但这些学生爱国的热情空前高涨，当警察是为了维护社会的治安，而不是为日本人和“满洲国”服务。

马天阳和其他进步学生就是那会儿认识的老三。每次学生运动老三都会给他们出主意，一来二去接触多了，他们发现老三不是一般的角色。一年以后，有一天老三找到他，也是在这家杀猪菜小店里，老三小声地说：天阳，想加入共产党吗？老三说这话时，马天阳一点也不觉得意外，他以前就猜测过老三的身份。那会儿，许多学生都知道，他们学校还有其他学校都有共产党，但究竟谁是共产党他并不清楚。

老三这么说，无疑他就是共产党了。那会儿老三已经成为他们的大哥，他亲人般地信任老三了。眼前发生的一切，似在情理之中又是意料之外，他没怎么犹豫，就冲老三点点头。老三伸过一双大手，两人的手握在一起，他觉得老三的手有力且温暖。

那次之后，他写了加入共产党的申请书。老三交给他几本小册子，小册子印的是中国共产党的纲领，还有毛泽东关于革命的一些论述文章。

不久后的一天晚上，老三神秘地找到他，把他带到一个胡同里陌生的房子。在外间他见到了两个陌生人，老三介绍道：这是组织上的人，一个李书记，一个葛区长。

李书记冲他笑着，温暖有力地握住了他的手道：马天阳同志，你入党申请组织批准了。

三个人一起冲他微笑。

后来，三人把他带到里间的屋内，两盏马灯亮着，他看见墙上挂着一面镰刀斧头的红旗。李书记把他带到旗下，对他说：马天阳同志，这是党旗，咱们宣誓吧。

他学着李书记宣誓，李书记说一句，他学一句。每说一句，他都觉得有一把火把自己点燃了，最后热血沸腾了。

宣誓完毕之后，葛区长走过来，把一只大手搭在他的肩上道：天阳同志，从今以后你就是组织上的人了。

他的腰一点点地挺起来，一瞬间觉得自己似乎高大了许多。

李书记、葛区长临走时说：以后老三就是你的联络员，有什么事他会和你联系。

李书记、葛区长说完就一阵风似的飘走了，只剩下老三温温厚厚地冲他笑着。

他明白，老三成了他唯一的上级，有什么事都是老三传达给他。临近毕业时，老三找到他，对他说：组织决定让你去哈尔滨工作。

他望着老三。关于工作，学校没有权力分配人，只有用人的警察局到学校里来挑人。“满洲国”刚成立不久，他们是第一届中央警察学校的学员，很吃香，不愁找工作。他没想到，组织会派他去哈尔滨。

老三又补充道：到了哈尔滨，有人会联络你。

从长春到哈尔滨报到那天，老三把他送上了火车。老三把一张小纸条交给他，纸条上写：三天后，中午十二点，中央大街76号。

他看眼纸条，便把内容记住了，用手把纸条撕碎。这是老三告诉他的规矩，身上不留任何证据，把有用的都记在脑子里。

老三附过身：你去后问你这儿有姓宋的吗，有人会说你要鸽子吗，你说要。这人就是你的接头人。

老三说完，用眼睛盯着他。他认真地把老三的话记在脑子里，冲老三点点头。

开车的预备铃已经响起，站台上的人大呼小叫着和车上的人告别。老三推了他一把道：上车吧。

他跨上车门，回过头冲老三挥手告别，他说：老三，咱们何时还能见面?

老三挥下手：天阳，忘掉我吧。

老三的身影连同他的声音消失在了人流里。

在警局安顿好之后，他让小张陪着他在中央大街转了转，从警局驻地到中央大街，走路也就是一袋烟的工夫，他买了些日用品，又买了盒“哈德门”香烟。魏局长抽的就是这个牌子，他发现小张也抽烟，他把买来的烟塞给小张，小张谦虚了一下，还是收下了。

小张一口一个马副官地叫着他，脸上挂着笑，一遍遍地说：马副官，以后有跑腿的事你尽管吩咐。

他拍拍小张的肩说：我初来乍到，你多照顾。

小张点燃支烟，深吸一口，烟雾浓重地在空气里飘散着，小张咧开嘴说：你客气了，马副官。

那次在中央大街转了一圈，他记住了中央大街 76 号的位置，门前挂了块牌子，白底黑字：东亚商贸公司。他又把接头暗号在心里默念了一遍。

第三天中午十一点五十，他就来到了中央大街 76 号附近。他隐在一个角落里，看着四周。中午时分，街上人很多，有进城赶集的农民，也有商人，还有一些俄国人，穿着毛皮大衣在街上走过。

中央大街是哈尔滨最热闹的地方了，他听见不远处索菲亚教堂的钟敲了十二下，便向76号走去。

76号门脸不大，进门之后，是一间不大的会客厅，墙上挂着俄罗斯风情的油画，有一排沙发和茶几，正中有一个接待前台，前台后站着一个穿西装的小伙子。小伙子看了他一眼，热情地招呼着：先生，你有什么业务？

他说：我找一位姓宋的。

小伙子认真地看了他一眼：你要鸽子吗？

他说：要。

小伙子冲他笑一笑：你稍等。

小伙子转身向里面走去，推开一间门进去，马上又出来了，后面跟着一位年轻女人。女人的打扮很时尚，呢子裙装，上身又套了一件坎肩。女人立在他面前，眨着眼睛看着他。

他吃惊地看了她一眼，又看了一眼。第一眼看着眼熟，第二眼时他想起来了，她就是在长春到哈尔滨的火车上，坐在他斜对面的那个姑娘。他张口结舌。

姑娘落落大方地伸出手：我叫宋鸽。

他半晌才反应过来，伸出手握了下姑娘的手，宋鸽的手圆润细腻，他口干舌燥地说：马天阳。

姑娘莞尔一笑，轻声道：跟我来。

他随在她身后，恍惚着随她走进一间屋内。他进门后，关上门。这是一间布置得类似办公室的房间，有桌有椅，还有两人座的沙发，一个小茶几摆在沙发前。宋鸽说：坐吧。随手给他倒了杯茶放在茶几上。

茉莉花茶的芬芳和女人的香水气息同时包裹了他。他定定地看着她。

她有条不紊地坐在桌后的椅子上，椅子上搭了一条披巾，她随手把披巾披在肩上，开门见山地对他说：组织安排，以后我就是你的联络人。这是我工作的地方，以后咱们的接头地点，我会随时通知你，你要有急事，可以到这里来找我。

他的思绪已经转移，听着宋鸽的吩咐，他点点头。他想起长春老三的话：组织安排你到哈尔滨工作，和组织接上头后，会有任务派给你。

宋鸽似乎看出了他的心思道：组织让你摸清“李姐”的情况。

李姐？他不解地问。

宋鸽：就是关在你们警察局的一位同志，她被捕一个多月了，一直关在警察局。

宋鸽说这话时，已经是 1936 年的元月了，这个“李姐”是去年十月份被捕的，一个多月的时间了，敌人还没有对这位“李姐”下手，看来这位“李姐”一定不是一般的人物。

刚来到哈尔滨第三天，组织就交给他这么重要的任务，他有些紧张，也有些兴奋。他站起来，望着宋鸽。

宋鸽望着他道：了解后你告诉我，我会向组织汇报。

他从 76 号走出来，冷风让他打了个哆嗦。

李　　姐

两天后，魏局长带着他见到了“李姐”。

那是一天早饭后，魏局长让小张把他叫到办公室。魏局长正在吸烟，深一口浅一口地，弄得办公室里烟雾缭绕。他站在魏局长面前说：局长，你叫我？

魏局长不抬头，把烟蒂摁到老榆木做成的烟缸里，嘬了一下牙花子道：妈了个巴子，日本人抓到个共产党，让咱们审。

他没说话，紧张地盯着魏局长，他预感到魏局长说的共产党就是“李姐”。他干干地咽口唾液，看着魏局长。

日本人三天两头地催，可这个共产党啥都不招，滚刀肉一个，我有啥办法。魏局长靠在椅子上一脸愁容。

他小心地问：你说的那个可是叫“李姐”？

可不咋的，这都抓到快俩月了，啥刑都招呼了，就只知道个姓名、年龄，还有这个“李姐”的代号。妈了个巴子，这活不是人干的，天天杀猪似的审，也没审出子丑寅卯来。魏局长抓过桌子上的皮帽子。

他就是那天早晨跟随魏局长来到警察局地下室的，地下室有灯，昏黄地亮着，一排房子都被铁栅栏隔开。在一间审讯室里，一个短发女人被绑在柱子上，头低着，不长的头发落下来，遮住了半边脸，衣服上结着血痂，血已变成深褐色。女人身边站着几个打手，有人手里拿着鞭子，有的拿木棍，还有两个人在炭火上烧着烙铁。

对面摆了一张桌子两把椅子，小张立在一旁，见魏局长走来，让开身子。魏局长把皮帽子摘下来摆到桌子上，冲他示意一下，让他坐下，又把桌子上的审讯本和笔推给他。他看见了上面的一行字：北满抗日联军团政委；代号：李姐。

除这行字之外，没有一个多余的字。他正疑惑，一旁小张过来，附在他耳边说：以前审问是我做记录，就这些了，别的她啥也不招。这些也不是她招的，是咱们人打听到的。

他抬起头望着这个“李姐”，她身材不高，也谈不上结实，裸露在衣服外的皮肤有些发白。

魏局长划火点了支烟，把火柴盒“啪”地又拍在桌子上，清清嗓子：那啥，咱们都是中国人，不是我跟你过不去，是日本人不饶你，对吧？你好歹也招点，少受皮肉之苦。你啥也不招，死人一个，这就是给我姓魏的找麻烦对不？

“李姐”没动，仍低着头，似乎睡着了。

魏局长吸口烟，歪了一下嘴：那啥，那就对不住了。说完挥了一下手。

两个行刑的警察动手了，皮鞭木棍轮流抽打着女人的身体，她的身体在鞭打下抽动着。不一会儿，两个人便打得喘了起来。

魏局长又挥下手，两人停了下来，立在一旁大口喘息，干了力气活一样。

魏局长扭了下头，炉火上烙铁已经烧红了，掌烙铁的警察四十多岁的样子，满脸胡楂，脸孔被炉火烤得汗津津的。魏局长示意了一下，汉子把烙铁从炉火里抽出来，红彤彤的，说了句：瞔好吧。他一步步向“李姐”走去。

立在一旁的两人心领神会地上前，一人抓住半个衣襟，“嘶啦”一下撕开了上半身，“李姐”的胸就露在了外面。“李姐”挣扎一下，抬起头，咒一句：畜生。

火红的烙铁摁在她的胸前，先是皮肉烧焦的声音和气味在审讯室里弥漫开来，“李姐”大叫一声，头歪过去，身子从柱子上坠下来，她已昏死过去。

马天阳第一次看到这样的行刑，身子早就僵直了，握笔的手不停地抖。他把笔放下，手拿到桌子下，左手摁着右手，不让身子发抖。

有人用凉水泼在“李姐”的头上，“李姐”慢慢醒过来，头发一绺一绺地贴在额前。

魏局长又点支烟，吸口气道：你这是何苦哇，你身子不是爹妈给的？受这个罪，你说你值吗？不要你啥，只要你把知道的说出来，咱们井水不犯河水，是不是？

“李姐”“呸”了一口，咒了句：汉奸。

魏局长抓过皮帽，站起身，又把烟和火柴装在兜里，冲马天阳道：马副官，你盯着点，我去解个大手。

魏局长说完就走了。

接下来，这些警察们就自由发挥了。马天阳到了警察局才知道，“满洲国”的警察之前干什么的都有，有土匪，有混混、流氓地痞，也有一些清朝当差的，都是为了混口饭吃。面对一个女人，他们什么招都想到了，魏局长一走，有人就剥了她的衣服，一个赤条条的女人就呈现在众人面前。众人嗷叫着，女人歇斯底里地叫着，众人笑着，马天阳闭上了眼睛。

同　窗

马天阳浑身冰冷地从地下室里出来。那个女人又晕死过去几次，行刑的警察累了，把她拖回到小号里去，审问暂告一段落。

马天阳望着快到中午的太阳，打个激灵，刚才的一切似乎是做了一场梦。他梦游似的向前院走去，院内多了两辆日本军车，车上插着日本国旗。两个日本宪兵手里握着上了刺刀的长枪立在车旁，看见他都斜了眼睛。他木然地向局长室走去，轻敲一下门，门没关严，一敲便开了，他看见一个日本军官坐在沙发上，一旁还站着一个穿便装的人，他把审讯本放到局长桌上就打算退出去。

突然一个熟悉的声音叫了一声：马天阳，怎么是你？

他抬起头，看见了侯天喜，就是站立的那个人。

他一时没反应过来，怔怔地望着他。

我是侯天喜，这才几天哪，怎么连我都不认识了？

果然是侯天喜，中央警校时的同班同学。他看眼局长，又看眼日本军官：侯天喜，真的是你？

侯天喜握住了他的手，小声地说：我现在给中村太君当翻译官，中村太君是宪兵队长。

他这才去看中村，一个年近五十的日本中佐。中村似乎气色不太好，一张脸发灰发皱，眼神并不凶恶，甚至有点呆滞，中村抬起眼皮看了他一眼。

侯天喜忙用日语冲中村解释：太君，这是我的同学，叫马天阳。

中村似乎冲他笑了一下，咧开嘴角，但瞬间笑容就消失了。

很快中村就告辞了，魏局长跑到门外给中村送行，中村上了车。侯天喜拍了一下他的肩膀说：没想到在这儿会见到你，咱们又在一起了，你说缘分不，过两天请你去聊天。

侯天喜坐上车，中村一行一溜烟地走了。

魏局长把笑挂在脸上，见车驶远遂收了笑，转身朝办公室走去。马天阳尾随着进门。

魏局长急三火四地从炉火里往外扒东西，两块烤煳的红薯被他扒拉出来，魏局长一脸沮丧地说：妈了个巴子，都煳了。魏局长放弃，重新把地瓜扔到炉火里，走到桌后坐下。

他凑过去，低下头道：局长，她还是什么也没招。

魏局长点烟，眯起眼睛说：这就对了，和共产党打交道没那么容易。想了想又补充道：小日本也不好对付，时间长了你就知道了，那个中村黑着呢。

他望着魏局长，想听他再交代点什么，魏局长却问：那个侯翻译官真的是你同学？

他点下头答：是。

魏局长眉眼舒展了一些道：你以后和侯翻译官搞好关系，有用。

关于侯天喜，他谈不上喜欢。侯天喜自己介绍说是通化人，从小没了父母，到处流浪，去过好多地方，还在奉天混过事，一副闯荡社会的派头。遇到事总爱刨根问底，在同学中似乎跟谁关系都不错，但又没真正的朋友，整天乐呵呵的，心里没有愁事。说是孤儿，花钱却大手大脚，没人知道他这些钱是从哪儿来的。

马天阳没料到，侯天喜成了日本宪兵队长中村的翻译官。

他没心思去想侯天喜的事，他要尽快见到宋鸽，把“李姐”的消息告诉她。

宋　鸽

这次见宋鸽是在马迭尔酒店的咖啡厅。冬日的午后，太阳暖烘烘地照进咖啡厅，马天阳走进来时，只看见背对着他的宋鸽的半个肩，他就认出了她。他坐在宋鸽对面，台面上两杯卡布奇诺咖啡已经摆好，他冲她笑一下，她环顾着去看眼四周。

有几个犹太人和俄国人坐在不远处的座位上，他们操着本国语言在谈天说地。他有些欣赏宋鸽把约会的地点定到这儿了，他早就听说过马迭尔，这还是他第一次走进来，从警察局到马迭尔步行大概需要十五分钟。

他喝了一口咖啡，在长春警校读书时，有些同学经常去咖啡馆，他从没去过。这就是传说中的咖啡，说实话，他并不喜欢这种味道。他目光一边望着别处，一边在说“李姐”的事，他确定没有人注意他们时，思绪才连贯起来，把看到的都告诉了宋鸽。

宋鸽刚才还红润着的脸已经白了，是苍白，仿佛受刑的不是李姐，而是她自己。她端起咖啡的手有些颤抖，一直等他说完，她低下头，垂着脸，他看到了她长长的睫毛，她才小声地说：咱们走吧。

他随她站起身朝咖啡馆外面走去，有几个人在马迭尔饭店西餐部的窗口买雪糕，他在长春时，有同学就说过马迭尔的雪糕很有名。有风吹来，他夹紧手臂，把双手插到裤兜里。有两个中国小伙子，肩扛着冰糖葫芦在叫卖，山楂很红，挂在山楂上的糖霜晶莹剔透，阳光下鲜艳诱人。

她低下头，故意放慢步子，等他走到自己身边。她低声道：你的情况很重要，我要向上级汇报。

他嘴里“嗯”了一声。

她头也不抬地说：回头见。

她快速走开，风吹起她呢子大衣的一角，头发也有些凌乱。他望着她的背影，她的确是个美人坯子。宋鸽走出几步了，她的芬芳仍包裹着他。

他正入迷地望着她远去的背影时，一只手搭在了他的肩上。他转回头，看见了侯天喜，侯天喜正咧着嘴冲他笑着。侯天喜望一眼远去的宋鸽，嬉笑地冲他说：女朋友？啥时搞上的？

他不知如何回答，只笑一笑：你怎么在这儿？

侯天喜似刚经历了一场喜事，此时仍旧激动着，他说：这俄国姑娘舞跳得就是好，人长得也刺激，真不是中国人能比的。

原来侯天喜刚看完一场俄罗斯姑娘的舞蹈，两眼放光，仍激动兴奋着。他又用力拍了一下马天阳的后背道：哥们儿，咱们来哈尔滨就对了，这东方小巴黎就是不一样，你看你，这么快就勾搭上了一位哈尔滨姑娘。我跟你说，在满洲国，哈尔滨姑娘是最漂亮的。

马天阳不想在大街上议论这些，忙告辞道：我回局里还有事，先告辞了。走了两步又想起什么似的道：天喜，我们局长想请你坐坐，啥时有空告诉我。

侯天喜表情就夸张起来：你们局长见我？没骗我吧？

马天阳挥下手：到时我约你呀。他迈开大步向警察局走去。

宋鸽又一次和他见面是在一天傍晚南岗的一家茶楼里，一楼拐角就是个单间，他走进去，不仅看到了宋鸽，还看到了一个瘦高的中年男人。一进门宋鸽就开门见山地介绍道：这是马天阳，这是道里区陈书记。

陈书记这个瘦高男人握住了他的手，陈书记人很瘦，手上却很有力道。陈书记落座，并不啰唆，马上说：你们刚来哈尔滨工作就取得了这么大成绩，祝贺你们。不等两人搭话，马上又说：被捕的“李姐”对我们很重要，上级指示，我们要全力展开营救。

说到这儿，目光盯紧马天阳：宋鸽跟我汇报了，“李姐”被关在你们警察局地下室，日本人也很重视她，他们希望在她身上得到抗联的情报，目前看营救的困难很大，但我们要全力以赴。

陈书记说完把一个小包送给他，他摸了一下，是一些银圆，也有一些纸币。

陈书记又说：这是组织筹集到的一些经费，你拿着，该用时就用。

马天阳接过钱，他从来没有见过这么多钱，也没有领受过这么艰巨的任务。他想起警察局阴森的地下室，还有那些刑具，他打了个哆嗦。

陈书记拍了一下他的肩膀：营救“李姐”要讲策略，不能蛮干，更不能暴露自己，组织也会想办法帮助你的。

陈书记看眼腕上的表，又看了两人一眼道：我还有事，先走了，你们再坐一会儿。说完，推开门，很快关上，屋里挤进一缕冷气。

陈书记走了，就剩下他和宋鸽。

屋内地上有一盆炭火，他用火钳子翻动了一下炭火，炭火热烈起来，室内温度升上来了。宋鸽的脸色也开始变得红润。

他冲她笑一笑道：你还没说火车上的那个人是不是你呢。然后又补充道：如果是秘密，你就不用说。

她抿下嘴笑了，她笑得很好看，有些大家闺秀的样子。

她说：是我，我是和你同时来到哈尔滨的。

想了想她又补充道：组织安排我做你的上线，陈书记把你的情况都介绍给我了。你是吉林市人，父亲当过清朝的警察队长，母亲开过裁缝店，满洲国中央警察学校第一期毕业生，对吧？对了，你今年二十五岁，生日是11月5号。

她俏皮地看着他。

他看着她，一时不知说什么好。

为了公平，我把我的情况也告诉你。名字你知道了，我是长春人，建国大学预科班毕业，我父亲在北京皇宫里做过事，回到长春，又被溥仪召到长春的宫中做事。我是满族人。

他一直迷恋于她的气质，果然，她的身世让他另眼相看。他开玩笑地一俯身：格格，小马在这里给你请安了。

她笑了，捂着嘴，弯下了腰。在他眼里，她更加可爱了。

马天阳暗自庆幸，在哈尔滨会有这么一位搭档。她是他的上线，不可避免地他们要见面。想着经常能见到宋鸽，他的心情就愉快起来。这是他对宋鸽的初步了解。

魏局长

魏局长办公室的抽屉里藏着一把酒壶，是沙俄制造的，镶银的，中间还有一张沙皇头像。没事的时候，魏局长见屋里没人，就拿出酒壶抿上几口，像品菜一样，品完了把盖子慢慢拧上，恋恋不舍地又放到抽屉里。喝了几口酒的魏局长，菜色的脸飘起少许的红晕，人也显得精神了一些，坐在桌后想想警察局的事。桌子上放着几份文件，但他从来不看，因为看了也白看，他不识字。

魏局长在“满洲国”之前，那时还叫民国，就是这儿的局长了。别看他不识字，但人缘很好，警局的人没有人说过他坏话。虽然他当局长，但从不对手下吆五喝六，说什么事都是心平气和的样子，甚至不笑不说话。不论大小场合，对手下分派完任务，都会拱拱手说：有劳各位了，谢谢大家伙。事态严重时，他还会摘下帽子，冲大家深深鞠上一躬，弄得众人都有些不好意思。

魏局长还有一个最重要的优点就是，他这人不贪，有点好处都明面摆出来，征求完大家意见后，一二三地处理。众人就说：魏局长这人公平。至于水平，当官这活顶个脑袋就能干，官越大越省心，难受费力的是下面跑腿的人。

因魏局长这人做事厚道，从不难为大家，众人就一直推举他为局长。日本人来了，成立了“满洲国”，警察还是警察，大家还推举魏局长为局长。为这，魏局长没少冲大家伙作揖鞠躬。

大家伙推举他当局长还有一个重要原因，他家里困难，他是真困难。早些年间，他娶了一个俄罗斯女人。他有三个兄弟，排行老三，人称魏老三。魏老三是闯关东到的东北，两个哥哥在路上一个饿死了，另一个走散了。走到河北地界时，母亲得了一场病，开始还跟着走，最后只能爬了。父亲把母亲背上，没两天，母亲死在了路上。到东北的只有他和父亲。在哈尔滨江边搭个窝棚，父子俩靠打鱼为生。对付了几年，就跑到城里干各种零活，夏天卖菜，冬天帮人劈柴。那会儿各种势力很多，有中国人的绺子，也有俄国人的帮派，后来又多了一伙日本人。有人就拉他入伙了，一帮穷小子，被人指挥着干一些打打杀杀或者伤天害理的事。

有一次，他在大街上救了一个俄罗斯姑娘，后来他才知道，这姑娘要从哈尔滨去天津，被小偷窃了钱财，身无分文，只能在大街上流浪。那姑娘叫琳娜，不会说几句中国话，只会说：你好，谢谢，我饿了。

魏老三见姑娘可怜见的，便领回自己的住处，煮了一锅玉米楂子粥，还买了几个面包。没料到的是，姑娘赖着不走了。魏老三赶她，她就说：我饿。吃完了还说饿，弄得魏老三直挠头。

那会儿魏老三父亲还在，腿脚已经不利索了，平时在家门口捡点煤核烂菜帮子贴补家用。父亲就说：老三哪，这是天意呀，你就娶了她吧，要正出正入的，好人家的姑娘谁跟咱呢。

魏老三想了两天下了决心，娶了琳娜。娶不娶的琳娜是听不懂的，魏老三用手比画半天，琳娜仍然一脸茫然。魏老三忙活得后脖颈子直流汗，后来他干脆一把抱住琳娜，说了句：我饿。琳娜这回听懂了，非常配合地和魏老三躺在了床上。有了床上的事之后，琳娜就名正言顺地成了魏老三的女人。

魏老三对琳娜很好，挣到点钱就颠颠地拿回来，先给父亲抓药，父亲总是喘，肺似乎漏风了，一喘就呼呼作响，父亲离不开汤药。剩下的钱，今天给琳娜买块布做一条布拉吉，明天又买点好吃的。

生活稳定下来的琳娜，人就光鲜起来，白净的面孔，高高的鼻梁，灰蓝色的眼睛。这些都不重要，她有一副高挑的身材，结实饱满。琳娜已经学会一些中国话了，有一天她对魏老三说：当家的，我有了。

魏老三又惊又喜地去看琳娜的腰身，果然小腹凸显出来。

第一个孩子生了，是个男孩。孩子出生不久，父亲倒完最后一口气，告别了这个世界。魏老三可以说是悲喜交加。

琳娜生完第一个孩子之后，就打不住了，孩子接二连三地出生，一口气男男女女生了五个孩子。此时的琳娜早已经不是那个腰身挺拔的俄罗斯少女了，变成了大妈，目测也得有二百多斤，腿粗腰粗，身前的奶子像两只面口袋，晃晃悠悠的，似乎一不小心会掉下来。

当了警察的魏老三，唯一的想法就是要养活全家老小。那几个二毛子——他经常这样称呼五个孩子——他们可都是饿死鬼托生的。

生活拖累得魏老三一点心劲儿也没有了。现在警局的老人，大都是以前和他一起给人当打手的那批人。他们对魏老三知根知底也有感情，推举着他当了个局长，薪水比一般人会多几个，昔日的老哥们儿都是善良的人。

现在的魏局长日子一点也不光鲜，愁苦得很，有事没事就唉声叹气，抓过酒壶抿几口小酒，抽支烟，这似乎就是魏老三的全部了。

如果日子一直这样下去也没什么，偏偏让他上火闹心的是，前一阵子日本人抓回来一个女抗联。抓回来也就抓回来了，不关在宪兵队却关在了警察局，审问女抗联的活交给了他们警局。

女抗联要是招了，也好说，他会利利索索地连人带情报交给日本人，怎么处理那是日本人的事。整个“满洲国”都是日本人的天下，他们现在给日本人当差。

可让他烦心的是，这个女抗联却一个字也不招，在中村的指示下，各种刑都动了，这女汉子宁死不屈，昏死了活过来，再打，再昏死。刚开始几次，审问女抗联时他还会去现场看看。一个年轻的女人，被一群男人吊打得皮开肉绽。中村每次来，都有审讯的花活，剥了女人衣服，用烙铁烧女人奶子……他看不下去，不忍心看。女抗联刚来时，文文静静，生得端庄漂亮，第一鞭子落在女抗联身上时，他就有些不忍心，但还是落下去了。现在她已经被打得不成样子了，浑身上下没有一块好肉了，他更不忍心看了，看了难受。

女人论年纪也应该是孩子的妈了，要是家人知道了能不心疼？他想到了琳娜还有那几个二毛子孩子。

抗联女人不招，日本人三天两头地催促，中村有时还会带人来，几个日本人亲自上阵对女抗联动刑。每次看到女人被打成那样，他都受不了，肚子里翻江倒海的，想吐。他有时就想，中国人也是人哪，上有父母下有孩子，这么想过了，心里就像被撒了盐。

每天都有人在审女抗联，他连问都不问，又不好说什么，怕人多口杂，传到日本人那里去。但每次日本人来他都要陪着，日本人下手狠，直接抓了盐往女抗联伤口上搓。这时他的目光会躲开，看向别处，最后干脆走到炉火边，拿过警员手中的炉铲生起火来。炉火里正烧着烙铁，炭火一样红，被一个日本宪兵拿走，烙在女人身上，焦煳味连同女人的惨叫一同传来，让他作呕。他蹲在炉火前，想吐，又忍住。中村走后，他把铲子扔到地上，咒着：妈了个巴子，不是人哪。

关在警局地下室的女抗联，让魏局长很糟心。魏老三从闯关东一直到现在，始终是个善良的人，日本人要审讯女抗联，要动刑，他不同意，也没办法。他知道自己现在端的饭碗是日本人给的，虽然叫“满洲国”，但坐在长春皇位上的溥仪只是个牌位，真正说了算的还是人家日本人，这一点魏老三是心知肚明的。

魏老三很愁苦，从审讯室回来，气色就不好，脸是青的，他坐在局长办公室里一支接一支地抽烟，屋内烟气腾腾。马天阳进门站在门口看眼魏局长，魏局长耷拉着眼皮，无动于衷的样子。马天阳看到炉火快烧塌架了，于是打开炉盖往里添柴，炉火更旺地燃起来，烟囱里的风声呼呼作响。马天阳拍拍手，走过去站在魏局长面前叫了一声：魏局长。

魏局长靠在椅背上，用手撸了一下脸，睁开眼冲马天阳说：妈了个巴子，伤天害理的活都让咱们干了。

马天阳想说点同情女抗联的话，话到嘴边又咽了回去，他跟着叹了口气。

魏局长拉开抽屉，拿出酒壶拧开盖，发现酒却没了。

马天阳把酒壶接过来：局长，我给你打酒去。

魏局长把酒壶推给马天阳，马天阳转身要走，魏局长叫了一声：等等。说完从兜里掏出一些钱币，在桌子上推给马天阳：拿着，再买一条“哈德门”。

马天阳抓过钱：那我就去了。

马天阳走出局长室时，看见了小张，以前这活都是小张干，自从马天阳来了之后，不仅给魏局长当翻译，生活上的事他也管了起来。小张把两手袖在警服里，一副无所事事的样子，见了马天阳忙过来：马副官，这活咋能让你干呢，我去吧，酒铺子和烟摊我都知道。

马天阳想利用这次外出的机会去见宋鸽，他不能把这个机会交给小张，便说：你去把局长屋里的炉灰倒了，还有烟缸，桌子也该擦一擦了。

小张怔一下：嗯哪。转身向局长室走去。

宋鸽从76号出来，两人在烟摊旁的胡同口说的话。快到春节了，街上多了许多卖炮仗的小摊，有心急的孩子买了一挂小鞭，拆开来一个个放，不时地传来炮仗声。

马天阳心情很不好，组织交给他的任务是设法营救“李姐”，可他现在一点办法也没有，只能眼睁睁地看着“李姐”受刑。他望着一个小孩在放炮仗，嘴里却说：人都被他们打烂了，身上没有一块好地方。

宋鸽的身子紧了一下，不易察觉的那种。

他又说：日本人就是畜生，他们扒光了她的衣服，往她的私处扎针。

她哆嗦了一下，他感觉到了，目光移过来，他看见她的脸有些白。他伸出手想安抚她一下，手举起来，在半空又放下了。

人关在地下室里，在警局的后院，不光有警察，日本宪兵还加了岗，想救人却没有机会。他低沉着声音说。

宋鸽低下头，跺了下脚，她穿着皮鞋，在外面站得久了，脚冻得有些疼。她一边跺脚一边说：你的情况我向组织报告一下。

他点了一下头：你快回吧，天冷。

她冲他浅笑一下，向76号方向走去。

他望着她的背影，有些单薄，他冲她背影说：天冷，多穿点。

她回了一下头，冲他笑了一下，快步地往回走去。

他回到局长办公室时，魏局长头靠在椅子上睡着了，扯着很响的鼾声。小张蹲在炉火前，在往炉盖上放玉米粒，有几个玉米粒已经烤熟了，炸裂开。小张小声地说：马副官，这是爆米花，你尝尝，老香了。

他冲小张笑一笑，走到局长桌前，把烟和酒放到桌上。魏局长醒了，看了他一眼：马副官你回来了。双手又撸了几下脸，坐正身子。马天阳把剩下的钱卷成一个卷推过去。

魏局长迫不及待地抓过酒壶，拧开盖喝了一口，说了句：妈了个巴子。酒下肚之后，魏局长的脸色红润了一些。

不知什么时候，小张已经出去了，带着那些烤好的爆米花一起。

魏局长又把烟点上，指了一下沙发：你坐。

他坐下，望着魏局长。

魏局长问：马副官，来了一个多月了吧？

他想了一下：一个月零三天了。

魏局长又说：适应了吗？

他没说什么，只是笑一笑。

魏局长深吸口烟，望着窗外。炉火正旺，窗子上的霜化开了，像淌下的泪。

你说，这日本人能长久吗？你是读书人，有知识，你分析分析。魏局长已经把脸转了过来。

面对魏局长这样的问题，他一时不知如何回答。

东北军几十万人呢，硬是没敢和日本人招呼就跑了。魏局长叹口气。

他说：山里面不是有抗日联军吗？

魏局长听了这话，似乎警觉起来：不说了，这事不是咱们该说的。

两人正说着，门外一片嘈杂之声。门被推开了，两个警察押着两个男人推推搡搡地走进来。那两个男人一进门，扑通一声就跪下了，一叠声地喊：饶命啊，饶命。

魏局长抬眼去看那两个站立的警察。

胖警察马上说：局长，这是我们刚在街上抓到的两个小偷。

跪在地上的两个人不停地磕头，年长一点的说：大人，我们错了，不该偷。

年轻的抬起脸，眼泪就下来了：他是我哥，我们哥儿俩是一面坡的，进城给娘抓药，钱不够就想占人家点便宜。

哥哥说：大人，饶命啊，我娘得了肠梗阻，大夫说，不吃药人就要憋死了。

魏局长的眉头拧了起来，冲俩警察问：他们偷了啥了？

瘦警察说：不是偷，是抢，在一个掌鞋的那儿抢了人家一双鞋就跑，被我们俩逮住了。

魏局长不耐烦地挥挥手：鞋呢？

哥哥说：我们还回去了。

魏局长拍下桌子：起来，都起来。

哥儿俩颤颤地站起来，头都不敢抬一下。

魏局长：给你们娘抓药，还差多少钱？

哥哥说：三块，就差三块钱。

魏局长把手伸到兜里拿出三块钱递过去，哥儿俩大感意外，不敢相信地望着他。魏局长大声地：快去抓药。

哥儿俩相互看一看，哥哥伸出手接过钱，起身就走。走到门外，回过身又一次跪倒喊道：大人，你的恩情我们记下了。

魏局长挥一下手，门关上了。

两个警察冲魏局长说：大哥，你老这样，以后我们还怎么办案？

魏局长不耐烦地说：以后这种小事别往我这儿领，你们能管就自己处理，我看见就难受。

两个警察低下头小声地说：知道了。转身出了门。

魏局长背着手在炉子前踱步：都是穷人，都难受，这日子过的。

马天阳站起来，认真地说：局长，你是个好人。

魏局长：这年头，好人就受累，唉，不说了，咱们出去看看。

两人出了门。

侯天喜

马天阳意外地在马迭尔又一次碰到了侯天喜。

宋鸽约马天阳在马迭尔的咖啡厅见面，她向马天阳传达上级的指示。上级指示马天阳，鉴于“李姐”目前的情况，要见机行事，不可莽撞，不可暴露自己。马天阳把了解到的警察局情况也向宋鸽做了汇报，汇报中提到了局长魏老三，马天阳把魏局长定性为可争取的对象，他把这种判断汇报给上级，希望上级定夺。

两人说完工作，开始慢慢地品咖啡。咖啡对于马天阳来说是新生事物，第一次见宋鸽时，他出于好奇尝过，味道不怎么好。为了和宋鸽相处，他陪宋鸽喝咖啡，味道虽然不接受，但因为宋鸽喜欢，他也喝得有滋有味的。两人一边喝咖啡一边聊天，说到了各自的学校，说在学校时的学生运动，虽然他们离开学校才短短两个月，但学校发生的一切都是那么令人留恋。

就在这时，侯天喜出现了，他穿西服，扎领带，外面又穿了一件呢子大衣，他的皮鞋钉过掌了，走在地上咔咔有声，两人就是被这声音吸引过去的。他的身后还跟着俄罗斯姑娘娜塔莎。娜塔莎披着金色的头发，也是正装打扮。

侯天喜夸张地叫一声：马天阳，怎么是你？

马天阳站起来冲侯天喜打了个招呼，侯天喜顺势把娜塔莎揽过来给马天阳介绍：这是我的朋友娜塔莎。

马天阳望眼娜塔莎，不动声色地打了一个招呼。

侯天喜看见了宋鸽，瞪大眼睛：你女朋友？

马天阳望眼宋鸽。宋鸽平静地坐在那里，在桌子下用脚碰了一下马天阳，笑一下道：马副官是我的朋友。

侯天喜认真地看了眼宋鸽，拍了一下马天阳的肩头：行啊你小子，这么快就找到女朋友了。

马天阳又望眼宋鸽，宋鸽却一副坦然的表情。

侯天喜就说：你们聊，这几天我安排下，咱们聚一聚。

说完他带着娜塔莎轻车熟路地走到一个角落里坐下。

又坐了一会儿，宋鸽使了个眼色，两人离开座位。马天阳远远地冲侯天喜招了招手，侯天喜笑着做了一个再见的手势。

两人站到大街上，风有些大，马天阳下意识地站到风口处为宋鸽挡着风。宋鸽感激地冲他笑一笑。她问：那个侯翻译官你了解有多少？

他说：就是同学，上学时他挺活跃的，自来熟，社会上认识很多人。

宋鸽向前走去，他忙跟上，宋鸽不经意地说：这人你以后小心点。

马天阳不解地望着宋鸽，宋鸽望他一眼：没什么，就是凭女人直觉。

马天阳笑一下道：我知道了。

两人就此分手。

宋鸽过了马路，走在人行道上，他才放心地向警局走去。

此时侯天喜坐在马迭尔的咖啡厅里，面对着歌女娜塔莎。他是在马迭尔的歌厅里认识的娜塔莎，那是他第一次来马迭尔的歌厅。那天中村队长也来了，确切地说，他是陪中村来的马迭尔。中村听了一首歌，又跳了一支舞，人就消失不见了。侯天喜以为中村出去吸烟，或是去酒吧喝酒了，并没留意。他第一次见娜塔莎就被她异国风情的美貌吸引了。娜塔莎的确很漂亮，长长的睫毛，深灰色的眼睛，一头金色的头发，饱满又结实的身体。那天，他和娜塔莎跳了一曲又一曲，最后娜塔莎说：你的舞跳得很好。

没想到她竟会说中国话，侯天喜来了兴致，他问她：你在马迭尔多久了？

她说：三年了。

他又问：你在苏联哪个城市？

她说：圣彼得堡。

她问：你是日本人的翻译官？

他笑着冲她点点头。

休息的时候，娜塔莎还请侯天喜喝了一杯伏特加酒。

那天晚上他和娜塔莎聊了许久，你一句我一句，都是青年男女第一次相识时的探寻和好奇。

舞会快结束时他才告辞，出了门却找不见中村了，西餐厅、酒吧他都找过了，也没找到中村的影子。他只好一个人回宪兵队了。

认识娜塔莎后，他不由自主地又来到马迭尔几次，当然每次都为看看娜塔莎。两人去过酒吧，也喝过咖啡。一次，娜塔莎主动把他约到咖啡馆见面。

两人坐下，娜塔莎用深灰色的眼睛望着他，他说：你是不是有话对我说？

她点点头：你是不是中国人？

侯天喜一惊，笑容瞬间僵在脸上，他吃惊地望着她。

她又说：你是中国人对不对？

侯天喜马上说：我当然是中国人。

她说：我知道你是中国人，苏联人和中国人对日本人不好。

侯天喜马上说：那当然，我现在给日本人当翻译官就是为混口饭吃。

娜塔莎认真地点点头：我在这儿唱歌跳舞也是为一口饭。

侯天喜马上附和：对对，咱们都是为了生存。

娜塔莎舒了口气，小声地问：如果有人向你打听日本人的情况，你会不会说？

侯天喜下意识地看眼四周，也小声地问：谁呀？

娜塔莎：我一个朋友是做生意的，他想打听一下日本人的情况。

侯天喜有些紧张，双手在两腿间搓着：我出卖日本人情报，让日本人发现了是会掉脑袋的。

娜塔莎把头附过去：他会给你报酬，不会让你白干的。

侯天喜低下头，他口有些干，喝了口咖啡，再次低下头，仍小声地说：娜塔莎，你让我想想，行吗？

娜塔莎点点头。

两人在咖啡馆门口告辞，侯天喜把嘴凑到娜塔莎耳边道：你朋友想知道日本人什么情况？

娜塔莎想了想：是日本人的情况就行，他要寻找商机和日本人做生意。

侯天喜咧开嘴笑了。

几天后，在马迭尔的舞厅里，侯天喜把一张小纸条交给了娜塔莎。纸条上写着宪兵队的编制情况，军官多少人，士兵有多少人，都一清二楚，包括各级别军官的名字。他了解的也就这么多。

两天后他又找到娜塔莎，娜塔莎把他带到歌厅的地下室，这里住的都是在歌厅工作的俄罗斯姑娘。过道的晾衣绳上挂满了姑娘们的衣服、裙子甚至内衣，走在这里让侯天喜心惊肉跳。

娜塔莎的房间虽然在地下室，却布置得很温馨，花格子床单，桌子上一幅俄罗斯风情的油画，还有一组套娃。他站在屋子中央，好奇地欣赏着娜塔莎的闺房。

娜塔莎弯下腰从床下取出一个纸袋子交给侯天喜。侯天喜接过来看了一下，里面都是满洲币。他惊呼一声：是钱，这么多？

娜塔莎笑了一下：这是我朋友给你的报酬，希望你提供更多日本人的情况。

侯天喜咧开嘴笑了，冲她说：谢谢你的朋友，以后想打听日本人什么样的消息尽管说。

娜塔莎拥抱了侯天喜一下，脸贴在他的脸上：你这人够朋友。

女人的气息让侯天喜有些晕眩，他定了定神：以后要小心，咱们别在外面见面，我直接到这里来找你。

娜塔莎点了点头。

侯天喜夹着纸袋子，钱在他腋下沉甸甸地提醒着他，他按捺不住自己的兴奋，用另一只手去抚摸自己的脸颊，脸颊是娜塔莎刚贴过的，还保留着娜塔莎的气息和温度。侯天喜笑了，他没想到，自己轻而易举地得到了一条发财的路，另外还有让人无法忘怀的娜塔莎。

有了钱，他开始规划自己的生活了。他兴奋得不能自已，哼着小曲，向秋林百货公司走去，他要重新为自己置办一身行头。这身衣服还是他上学时穿过的，西服材质很差，皮鞋也老旧了，失去了光泽，还有领带，又土又旧，他要旧貌换新颜。日本人的一点点消息就能换来这么多钱，侯天喜对未来的生活充满了信心，他要洗心革面，重新做人了。

中　　村

宪兵队长中村似乎总是有心事的样子。在侯天喜眼里，中村队长是个温和的人，对自己也不错，他每次离开宪兵队去见娜塔莎，中村连问都不问，每次都会很顺利地放行。

侯天喜从学校毕业，被中村调来当翻译官，他本来做好了和日本人打交道最困难的准备，没想到和中村打交道比和中国人还简单。这让侯天喜有一种如鱼得水的感觉。甚至，中村还把自己当成朋友。

有一天傍晚，中村把侯天喜叫到了自己的宿舍。中村开了瓶清酒，一副不开心的样子。他就问：中村太君，为什么不高兴？

中村并不回答，从角落里拿出一套烟具，侯天喜一看就明白了，中村吸的是大烟。大烟是东北对鸦片的称谓。中村抽大烟，着实吓着了侯天喜，他呆坐在那里，留也不是，走也不是，一直等中村吸完，熟练地收拾好烟具，他才长嘘一口气。侯天喜知道，抽大烟别说在日本军队中，就是老百姓也是犯法的，抓到是要坐牢的。中村却很平静，他冲侯天喜说：我抽这个，是冈村宁次将军批准的。

接下来，中村就向侯天喜讲了一段故事，就在几年前，那会儿中村在哈尔滨警备区工作。一年冬天，他们奉命去山里围剿抗联，双方交战中，中村负伤了，被子弹击中了肚子。随队的医生缺医少药，中村这种伤是要手术的，大雪封山，撤下来很艰难，中村痛得要死要活，又高烧不止，他觉得自己快要死了。撤到一个山村里，中村疼得实在受不住了，让人到小村里去找药，药没找来，却找来了一些鸦片。中村痛得顾不了那么多了，把鸦片分几次吃了，果然伤口不那么疼了，他一直坚持撤到城里，做了手术。中村的伤很快好了，但鸦片却让他上瘾了。

那次伤好后，他就被调到宪兵队，宪兵队负责城里的治安，相对安全一些。

中村经常犯烟瘾，每次犯烟瘾，他都会焦灼不安，六神无主，他就要想办法去弄鸦片抽。渐渐地，他吸食鸦片便被上级知道了，一直报告到最高司令官冈村宁次那里。有人建议撤了他，也有温和派建议把他送回国内。不知冈村如何想的，对中村的处理没了下文，中村仍是宪兵队队长，在中村的概念里，自己吸鸦片是冈村默认批准的，他就一直把大烟吸了下去。中村因对鸦片上了瘾，他的情绪也就飘忽不定，高兴、抑郁、焦躁经常在他身上发生，但只要一吸上鸦片就好了。

中村吸大烟就得去外面购买，不论警察还是官兵，都将买卖大烟的交易视为违法，抓到就要去坐牢。

中村不会去坐牢，每次买大烟也都是偷偷摸摸的，自从那天之后，他就把买烟土的任务交给了侯天喜。

侯天喜很快应承下来，出了中村的门却愁苦起来。他满打满算来到哈尔滨才两个多月，对市井的一些交易他并不清楚，最后他找到了娜塔莎，没料到娜塔莎很快应承了下来。

俄罗斯人在哈尔滨的历史比日本人悠久得很，当年俄国人为了开发远东，把铁路一直修建到了这里，把自己的铁路和中国的铁路连在一起，索菲亚教堂就是当年为步兵第四师修建的随军教堂。第四师是修建远东铁路的主力军，离家在外久了，士兵们的灵魂没处安放，就建了这所教堂。

虽然现在是“满洲国”了，日本人当道，但对苏联人，日本人还是要惧让三分。苏联的军队就横陈在边境上，正虎视眈眈地盯着日本人。日本人发动九一八事变之后，苏联人很不高兴，在中苏边境上一直警惕着日本人的一举一动。

很快娜塔莎就交给了侯天喜一包烟土，这包烟土让中村异常高兴，拍着侯天喜的肩头表扬道：侯，你是聪明人。

侯天喜冲中村笑着说：太君，侯天喜很高兴为你效劳。

中村拍在他肩上的手就用了些力气。

不久，侯天喜又发现了中村的一个秘密。他发现，中村有事没事经常往马迭尔饭店跑，他们一起到马迭尔，一到马迭尔中村很快就消失了，已经连续几次了。

最近一次，中村过生日，侯天喜在马迭尔为中村张罗了西餐，然后到酒吧去坐。他还叫来了娜塔莎，娜塔莎为了热闹，同时还叫来了几位俄罗斯姑娘。中村提不起兴趣，不停地打哈欠，娜塔莎出去一趟，回来时变戏法地拿来了一套吸鸦片的烟具摆在中村面前，中村顾不了许多，吸了鸦片，不断地感谢娜塔莎。几个人正高兴玩乐时，中村借口去洗手间就消失了。

侯天喜长了心眼，一直注意着中村。因为前几次来马迭尔，中村都神秘地消失了，这一次他发现中村走出酒吧，穿过大堂，在楼梯间前停了几秒，见没人注意就爬上了楼梯。

侯天喜上到二楼时，中村已经消失了。中村进了哪个房间他并不知晓，但他确定就是二楼，从时间上算，中村只有上二楼的时间。他隐身在一个杂物间里，观察着二楼的动静。不知过了多久，中村从一个房间里挤出来，他关门时，还冲里面小声地说了句什么。

中村站到大堂时，侯天喜假装从另外一个方向找来，他惊讶地说：中村太君，我一直在找你。

中村挥下手：我去了洗手间，不小心睡着了。

侯天喜望着中村没再说话。在侯天喜眼里，中村是个有秘密的日本人。为了弄清中村的秘密，他独自又去了一趟马迭尔，敲开了二楼那个神秘的房间。他没料到的是，开门的是一位年轻的日本女人，女人一脸惊愕，显然没料到会有人敲她的门。

女人用日本语问：你找谁？

他忙用中国话说：对不起，我走错门了。

女人低着头把门关上。他满怀心事地走下楼见娜塔莎。娜塔莎正在歌厅里和几个姑娘一边打闹着一边吃蛋糕，他见到娜塔莎，情绪才恢复了正常。娜塔莎问他：你怎么来了？

他招手把娜塔莎叫到一旁，小声地问：中村的情报能不能换钱？

娜塔莎坚定地说：只要是日本人的消息都能换钱。

他就耳语着把刚才看到的一切告诉了娜塔莎。

两天后，他见到娜塔莎，娜塔莎把一包钱币递给他说：你说的那间房子是一个日本商人包下的，这个日本商人叫秋田。

侯天喜有些糊涂了，明明是个日本女人，怎么变成了日本商人秋田，而且又和中村有关系？侯天喜好奇起来。

三番五次地为娜塔莎提供情报，他的日子殷实起来。为了见娜塔莎，他经常找借口来马迭尔，他突然想，为何不在马迭尔包一间房，让自己好好享受一下生活。他告别娜塔莎，来到大厅前台，在四楼他包下了一间房子。他拿到门钥匙那一刻，是兴奋的，心想：自己的好日子终于来了。

中村来马迭尔见铃子，已经有半年的时间了。中村在日本时，只是个预备役军官，他自己有一家不大的专门做女人服装的工厂，铃子是工厂的一名服装设计师，两人不知不觉间就好上了。中村是有家室的人，他和铃子的关系只能算是地下情人。两人相好不久，九一八事变爆发，日本军界开始征召军人，作为预备役军官的中村就被派到了中国。远在异乡，他思念铃子也思念家人，更是放心不下他开的服装厂。他便不停地给铃子和家人写信。书信往返一趟需要很长时间，断断续续的思念揪着中村的心。

一年之后的一天，突然一个叫秋田的商人领着铃子在哈尔滨找到了他。这让中村吃惊不小，他望着铃子，简直不敢相信这一切会是真的。

原来铃子思念中村的心情更加迫切，最后她偷偷地爬上了一艘商船，这艘商船就是商人秋田的。船开出了几天，过了台湾海峡，秋田才在货仓里发现了铃子，弄明白原委之后，秋田很是感动，答应把铃子带到中国。船停靠在旅顺码头之后，秋田带着铃子一路来到了哈尔滨。

中村却犯起了愁，他不知如何安顿铃子，把她留在军营是不可能的。秋田想出了个办法，以自己的名义在马迭尔包下一间房子，让铃子住了下来。

秋田告辞时，中村真诚地说：以后有需要中村效力的地方，你只管吩咐。

秋田笑着说：你们的爱情感动了秋田，祝你们幸福。

的确，铃子能找到他是个奇迹，梦想变成了现实，中村暂时走进了幸福之乡，却多了许多心事。

聚　会

那天下午，侯天喜从宪兵队把电话打到了警察局。接电话的自然是魏局长，魏局长站在门口扯着脖子喊马天阳，马天阳正在后院的宿舍里洗衣服。

他的两只手沾着水跑到魏局长面前，魏局长手指着屋内：你的电话。他一惊，来到警局快三个月了，他第一次接电话。他以为是宋鸽有急事找他，他把警局的电话告诉过宋鸽，让她如果遇到万不得已的急事，可以电话找他。他心里一紧，等接起电话，才听见是侯天喜的声音，人顿时放松下来。侯天喜大大咧咧地说：今天晚上在马迭尔西餐厅，我请客，别忘了叫上你女朋友。

侯天喜说的女朋友自然指的是宋鸽，在电话里马天阳不好解释什么，只好应承下来。他接电话时，魏局长一直站在门口的台阶上，见他接完电话，伸了个懒腰，对马天阳说：侯翻译官请你吃饭，他在电话里跟我说了，你放心地去，跟他搞好关系。

跟侯天喜搞好关系这话以前魏局长就说过，他理解魏局长的用意，侯天喜毕竟是中村身边的人。他笑一笑：局长，那晚上我就去一下。

魏局长大着声音说：你只管去，多晚回来都行。

侯天喜让他叫上宋鸽，他有点为难，不是怕宋鸽不参加，而是怕他们的关系暴露。宋鸽是他的上线，他除了见过一次区委的陈书记之外，其他所有工作任务都是宋鸽传达给他的，单线联系是为了安全，这是地下工作者的组织纪律。就连 76 号这个联络点，没有急事他也不会去。他在中央大街上的一个公共电话亭把电话打给宋鸽。宋鸽听完他的意思后，却爽快地答应了，并定好六点钟他在马迭尔的大堂门口等她。

他的心情一下子愉悦起来。他每次见宋鸽时都会有这种愉悦感，他潜意识里希望见到宋鸽，她是个漂亮的女孩，身上有股迷人的劲儿。

六点还不到，他就出现在了马迭尔大堂门前，呢子大衣、西服，领带也是他喜欢的样式，蓝底带白条，这是他用第二个月的工资为自己置办的。穿戴整齐的马天阳迫切地站在大堂门口，望着走来的人。六点刚到，宋鸽就出现在他的眼前，她怀里多了一束玫瑰花。她看见他笑了，轻盈地走到他的面前：我没来晚吧？

他帮她打开大堂的门，两人并肩向里走去，她小声地说：你今天穿得很帅气。他脸红了，一时不知说什么好，只好冲她笑一笑。

两人穿过大堂向西餐厅走去。侯天喜早就到了，坐在一个卡座内，冲他们招手。他的身边还坐着娜塔莎，娜塔莎脖子上系了一条红纱巾，人就显得多了几分娇媚。

两人在他们对面坐下，宋鸽把花递给娜塔莎道：这是送给你的礼物。娜塔莎一阵惊呼，说了许多感谢话，气氛一下子就热闹起来。马天阳很佩服宋鸽做事的细致。

席间侯天喜一直在问宋鸽的情况，宋鸽也不避讳，把自己毕业的学校和现在的工作都告诉了侯天喜。

侯天喜就向宋鸽举杯敬酒：原来是才女，建国大学可不是一般人能上的。

宋鸽也不多说话，只抿嘴笑。

侯天喜又把话题转到马天阳身上：你小子平时不哼不哈的，啥时候把这个大美女勾搭上的？

他望着宋鸽不知说什么好，宋鸽却大方地说：我们在学校就认识了。

听宋鸽这么说，他只能点头称是。

侯天喜一副吃惊的样子，冲马天阳问：你小子真能保密，罚酒罚酒。

马天阳只好把杯中酒干了。

侯天喜兴致很高，望着娜塔莎道：我也向你们宣布一条好消息，娜塔莎已经同意做我的女朋友了。

两人一听都向侯天喜祝贺。娜塔莎落落大方地举起杯子：谢谢你们。

很晚他们才从马迭尔出来，侯天喜一手揽了娜塔莎的腰，另一只手挥动着向马天阳和宋鸽告别：你们慢走，我今天就留在这儿了。

两人向前走去，路上结了冰，宋鸽身子闪了一下，马天阳借势扶住宋鸽的腰，两人在侯天喜和娜塔莎的目送下走到街上。马天阳把手从宋鸽身上移开。

两人都沉默着，小心地向前走去。

宋鸽低着头道：我请示陈书记了，他指示我们可以以恋人的身份来往，这样对我们的身份掩护会有好处。

她一口气说完才抬起头。

他嘴里“噢”了一声，心里却有些不甘，只是以男女朋友的名义，并不是真正的男女朋友，想到这儿他有些失落。因喝了酒的关系，宋鸽的脸颊红扑扑的，眼神也有些迷离。他多么希望此时能把她拥在怀里呀，但却不能，他们是同志，她是他的上线。

他一直把她送到76号的侧门，她就住在76号后院那栋楼的某个房间里。她走进门，回过身，两人相望着。她说：谢谢你送我。

他笑一下，冲她挥了一下手。她转过身向前走去。

他说：嗯……

她停住回过身：怎么了？

他说：我以后有事找你，能随便来吗？

她似乎想了一下：应该可以吧。

他用力点点头，一直望着她的背影消失在楼洞里。

从那以后，他有事没事总想见到宋鸽，可一时又找不到理由。

一天傍晚，他终于忍不住去看她，在面包房里买了两只面包，又到一旁的咖啡店里买了两杯热咖啡。他走进76号，前台那个小伙子已经不在了。他敲开了她的门，她见是他有些意外，但明显是高兴的。他坐在她的对面，把面包和咖啡推过去：还热乎呢。

两人一边喝咖啡一边吃面包。她想起什么似的说：对了，陈书记还问，那个“李姐”现在怎么样了？

一提起“李姐”他的情绪就低落下来：人已经被他们打得不成样子了。

宋鸽的情绪也低落下来。

半晌他又说：今天，魏局长打电话请示中村，希望把“李姐”送到医院去。

她叹了口气。

他抬起头：只要人离开警局，就会有办法营救。

她点点头：明天我把这个情况告诉陈书记。

两人在办公室坐了一会儿，她提出去外面走一走。他陪着她。

三月份了，天气还是冷，街道上白天化开的冰，晚上又重新结冻了。两人不远不近地就那么走着。

她说：“李姐”可真坚强。

他说：日本人太不是个东西了，他们把两根针扎到“李姐”的私处，然后通电。

她的身子抖了一下。

他察觉到了，马上说：不该跟你说这些。

她摇了一下头。

他说：这天还是有些冷，要不我送你回去？

她说：再走一会儿吧。

他试探着把手伸过去揽住她的腰，像恋人一样，她没有拒绝。他放松下来，两人沿着街道向前走去。

她说：在这里没什么朋友，都快闷死了。

他马上说：以后你闷了，我就陪你聊天。

她没说话，身子不易察觉地向他靠了靠。他大胆地迎上去，两人身体很近地挨在一起，相互温暖着。

两人不知不觉走到江边，江心的冰已经融化了，冰块相互撞击着发出清脆的声响。

她把头靠在他的肩上，她一缕头发被风吹起来，拂着他的脸，他嗅到了她的发香。

他小声地问：在学校没谈过男朋友？

她轻摇了一下头，半晌问他：你呢？

他说：我也没有。

他感觉到，她更紧地靠近了他。

不知两人在江边站了多久，冷风已打透了他们的衣服。

他说：回吧。

他们往回走去。

铃　子

住在马迭尔二楼的日本女人成了侯天喜心中的谜。

娜塔莎对侯天喜说：你如果搞清那个日本女人和中村的关系，有人会重重地奖励你。

侯天喜已经尝到了甜头，他为娜塔莎提供日本人的消息，让自己的日子一下好过起来。许多消息都是他轻而易举获得的。他不仅发了财，顺手又把娜塔莎搞到了手。与娜塔莎的频繁往来，让他对这个女人产生了兴趣，丰满结实的娜塔莎充满了异域风情。他在酒吧里请娜塔莎喝了几次酒，娜塔莎喜欢喝酒，酒量也大。有一天，他告诉娜塔莎，为了查清那个日本女人，他在马迭尔的四层租了一个房间，并邀请娜塔莎去自己房间坐坐。也就是在那天晚上，他把娜塔莎拖上了床，半推半就那种，并没有费他太多事。从那以后，他便以娜塔莎男朋友的身份来看她，她也配合，没事就到他房间里过夜。侯天喜暗中窃喜，自己不仅挣着苏联人的钱，还睡了他们的女人。侯天喜志得意满，但他并没忘记娜塔莎的交代，要搞清那个日本女人的底细。

一天清晨，他确认中村就住在马迭尔之后，一大早就来到了二楼那间杂物间里。杂物间开了一条缝，正好可以看见那个女人的房门。

功夫不负有心人，他终于看到那个房间门开了，中村走出来，门并没有关，那个女人穿着睡衣相送。中村回过身冲女人鞠一躬，说了一句：辛苦了，铃子。女人也向中村鞠躬，这纯属日本人的礼节。这个礼节却告诉了侯天喜那个女人的名字——铃子。

如何搞清铃子的身世，成了侯天喜另一道难题。

无巧不成书，有一天下午，他又来到马迭尔咖啡厅里，无意间看到了铃子，他不敢相信自己的眼睛，待他认真看过后，那人确实是铃子。她对面坐着一位微胖的中年男人，两人正用日语小声地交流着什么。他侧耳去听，渐渐听明白了，这个叫铃子的女人是这个叫秋田的男人把她领到这儿的，铃子说自己很孤独，平时没事只能待在房间里，中村只能偶尔来看她，她说自己很想家。叫秋田的男人安慰着她，说如果她实在待不下去，他可以再把她带回去。铃子摇着头，眼里蒙着一层哀伤。不久，铃子告辞走出咖啡厅，秋田准备收拾东西也要离开，他不失时机地走过去，和秋田打了个招呼。秋田面对突然冒出的侯天喜愣了一下，侯天喜马上说自己也是日本人，从北海道来到中国，又随便编了个名字，说自己在哈尔滨做生意，希望和秋田合作。侯天喜的做派和流利的带着北海道口音的日语，让秋田相信了侯天喜。

秋田说自己做的是小买卖，把日本货拉到中国，再把中国的木材和煤炭拉到日本去。秋田对侯天喜很警觉的样子，聊了几句，便说自己还有事告辞了。

侯天喜一知半解地知道了铃子的身份，他依据自己的逻辑把铃子的身份告诉了娜塔莎。两天后，娜塔莎又让侯天喜搞清楚那个叫秋田的商人的来历。

侯天喜看着娜塔莎给自己的钱，揣着明白装糊涂地问：你们对日本人为什么这么感兴趣？

娜塔莎认真地望着侯天喜说：有个朋友和日本人做生意，他想了解这些。

侯天喜只能笑一笑。

住在马迭尔的铃子感到很孤独，没事她就站在房间的窗口向马路上望。刚开始，马路上还是一层冰雪，渐渐地冰雪化了，露出马路的本来面目。马路是一块又一块石头拼接而成的，一直伸向远方，伸展到她望不见的地方。

她自从住进马迭尔，就觉得自己住进了牢笼，中村告诉她，没事不要出门，这里不安全。她第一次来到中国，人生地不熟，语言又不通，平时只有吃饭时，她才会去餐厅，挑最简单的东西吃，吃完就匆忙地回房间。

中村偶尔会过来找她，留宿一晚，有时干脆不留宿，剩下的时间她只能待在房间里。有时会有走错房间的客人来敲门，刚开始她还开门，后来她干脆连门也不开了，让找错门的人自动放弃。

秋田有时会到马迭尔来看她，她会下楼和秋田聊上一会儿，这是她最好的打发时间的方法了。秋田是商人，他把她带到了中国，又找到中村，她感激他。最近秋田提出让她帮忙问问中村，中国哪里有铜矿石，秋田要做铜矿石的生意。秋田说不会白让中村帮忙的，事成之后，他会有报酬。

她和中村说了，中村沉默良久才说：国内要生产炮弹，铜是稀缺物。

中村说完了，也没说能不能帮上秋田的忙。

铃子相信中村，她觉得中村做的一切都是对的，因为她喜欢他，喜欢他是没有条件的。她知道中村不会娶她，但她仍义无反顾地爱着他。

在日本国内时，因为打工的工厂是中村的，她干活异常卖力。有几次，工厂的女工在工厂里偷东西，把一些剪裁下来完整的布料偷偷缠在身上带回家去，她发现后，把这个情况告诉了中村。中村不动声色，看不出他生气，只对她表示感谢。

不久，在一天下班时，中村要求对下班的女工进行搜查，偷布料的那些人露了馅，纷纷地把布料拿出来。

中村仍没说什么，在以后的日子里这件事情就像没发生一样。从那以后，工厂再也没有出现过丢失布料的情况，她暗自佩服中村。

突然有一天，中村被征兵走了，工厂被中村的夫人接手。中村不在了，她像丢了魂一样，日夜思念着中村，睁眼是他，闭眼也是他。后来她在中村寄往工厂的信件中知道了中村的地址。那天起她就想着要到中国找中村，找到他，照顾他，只要能为他做事，自己干什么都行。

是好心的秋田把她带到了中国。

她见到中村那一刻，眼泪控制不住地流了下来，她跪在他的面前，请求他收留自己。几年没见，中村既熟悉又陌生，她说不清他到底哪里跟以前不一样了。她现在成了中村笼中的鸟，她不悔，也无怨，只要偶尔能见一眼中村就是她最大的幸福了。

转　机

“李姐”被关押在警察局地下审讯室已经大半年了。日本人变着法地审讯“李姐”，三天一小审，五天一大审，把动刑的手段都用在了一个女人身上。他们惊叹一个小小的女子为何这么有毅力，他们想要的抗联情报，她一个字也不肯说。

无奈的日本人，想让“李姐”写一份退党声明，答应她只要写出这份退党声明在报纸上发表，就给她自由。“李姐”一口血水吐在审讯她的日本人脸上。

酷刑让“李姐”奄奄一息，她身上已经没有一块完整的皮肤了。

每次日本人审讯“李姐”，魏局长和马天阳都要陪着。每次审讯完，马天阳的心情都要沉痛好几天，魏局长也是闷闷不乐的，他不停地吸烟。

“李姐”的身体已经没法再接受审讯了，人似乎只剩下一口气，意识也不清楚了。

马天阳就冲魏局长说：局长，这人不能再审了，应该送到医院去医治。

魏局长拧开壶嘴抿了两口酒：马副官，你说得对，人再这么审，非死在日本人手里不可。

魏局长想了想：可咱们说了不算呢。别看人关在咱们这儿，却是日本人当家。

找中村说说吧，以你的面子，中村会考虑的。

马天阳这么说完又补充一句：人都这样了，日本人想要的东西还没得到，这么做也是为日本人好，他们不会不同意的。

魏局长点点头，下定决心似的说：你去安排一下，咱们见一下中村。

结果却出乎意料地顺利，中村又请示了上级，日本人居然同意安排“李姐”去住院了。但日本人有话在先：一定要保证安全，病房门前要安排人二十四小时把守。

日本人有了命令，魏局长就联系了哈尔滨市立医院。

“李姐”被人从地下室抬出的那一刻，马天阳又一次震惊了。骨瘦如柴的“李姐”，在离开地下室那一刻，睁开了眼睛，虽然遍体鳞伤，但她睁开眼睛的一瞬间却是有神的，甚至是有光彩的。她的目光无意中和马天阳的目光对视在一起，她自然不知道他是谁，但她的目光让他感受到了力量。

医院的一切都是马天阳安排的，他找到了院长，让他安排最好的医生，用最好的药。当院长带着医生为她检查伤口的时候，所有人还是吃了一惊。院长望着马天阳道：马副官，行医多年，这是我见过最重的伤。

马天阳别过头去，低声说一句：你们尽力吧，都是中国人。

院长叹口气道：我们尽力。

马天阳又在医院门口安排了两个执勤的警察，便离开了医院。

他见到了宋鸽，把“李姐”的情况报告给了她，并强调道：这是我们解救“李姐”的机会，等她的伤好一点，我们就想办法解救她。

宋鸽也说：我马上把这一消息转告陈书记。

“李姐”的事有了转机，两人的心情都好了一些。此时已经是哈尔滨的初夏了，街上到处飘着柳絮，像飘落的雪花。两人走在街上，到处都暖烘烘的。

他说：晚上我请你吃饭吧，也算是庆贺。

她点点头。

他这么说是想和她在一起多待上一会儿。

最近一段时间以来，两人每周都要见上一面，即便没事，他们也要在一起坐坐，或者沿着江边散散步，聊自己的童年，说学校的事，他们无话不谈。有时在警局的办公室里，他也会想起她，想给她打个电话，但他忍住了，为了安全，不到万不得已，他不会用警局的电话打给她。警局的电话日本人是有监控的。

他忍不住时会从警局走出来，找到一个最近的饭店，用饭店的电话打给她。她似乎已经在电话那头等待许久了，拿起电话，只要一听到他的声音，就马上喜悦起来。

她会问：有事吗？

他沉默一下：没大事，就是想给你打个电话。

两人就在电话里静默着，半晌，他说：晚上我去找你吧。

她会说：嗯。

两人就如约见面了，他们在一起见证了江面破冰，柳树抽芽，然后是柳絮飘飞的日子。他们彼此爱上了对方，但又心照不宣，并没有点破，他们默守着这段感情。

那天晚上两人约好见面，却没有见成，傍晚时他接到了侯天喜的电话。侯天喜在宪兵队那头喜气洋洋地说：老同学，好久不见，今晚咱们一起好好聊聊，有好事。

他接电话时，魏局长也在场，魏局长说：这个约会你得去。

以前他每次和侯天喜见面，魏局长都非常感兴趣，回来后，他会问长问短，东打听西探寻。他和侯天喜见面并没有什么正经事，有时会说几句日本宪兵队，有时也会聊几句中村队长。在马天阳看来，都是可有可无的一些话，他也有一搭无一搭地冲魏局长说了。魏局长脸上看不出什么，只是一边听一边吸烟。每次魏局长都总结性地说：这个侯副官，你的老同学，要搞好关系，对咱们有用，他怎么说也是在日本人身边工作。他每次听了，就笑一笑，点点头。

有一次，魏局长冲他说：你的日语水平好像比不上侯副官？

他怔怔地望着魏局长。

魏局长笑一下道：小马，我没文化，你别介意，我只是听侯副官和中村说日本话都不打奔儿。

魏局长说得没错，在警察学校时，侯天喜的日语在全班都是最好的。侯天喜自己解释说，小时候，他老家那有日本人开矿，他从小就接触日本人学的。

魏局长这么说，他只能点头称是。

这天晚上，侯天喜约马天阳来到一家中国餐馆，还要了一个包间。以前聚会大都在马迭尔饭店，娜塔莎十有八九会到场，这次却是侯天喜一个人，他的脸上也有几分神秘。

两人喝了几杯酒之后，侯天喜就说：听说那个女共产党被你们警察局送去住院了？

马天阳听了这话，警觉起来，故意压低声音说：送医院的事，是中村队长同意的，魏局长为这事专门找过中村，我陪他去的，当时你不在宪兵队。

侯天喜一笑：谁同意的不重要，这可是咱们发财的好机会。

马天阳放下筷子，不解地望着侯天喜。

侯天喜小声地说：那个女共党住院了，他们的人能不想救她？这是多好的一次机会，咱们可以联手和他们那面的人谈判，如果给的数够，咱们可以帮他们呢。人现在在你们警察局手里，睁只眼闭只眼的，那还不是你们说了算。

马天阳望着侯天喜，一下子觉得眼前的侯天喜陌生起来，他摇摇头：我可没那个路子。

侯天喜又低声说：在学校你就是激进分子，抗议游行啥的，你真的和他们那边没有接触？

侯天喜的话又一次让马天阳警觉起来，眼前这个侯天喜已不是学校那个看似单纯的侯天喜了，以后在他面前说话办事一定得小心点，马天阳这么提醒自己。他想到这儿，顺着侯天喜的话茬说：抗联的人不都是在山里吗，咱们怎么能接触上？

侯天喜拍一下马天阳的肩膀：兄弟，你是真糊涂还是装糊涂？共产党在咱们城里遍地都是，你都来警察局半年多了，连这个都不知道？

马天阳道：前一阵子警局抓了几个人，说他们是共产党，也审了，也问了，可人家不是共产党，没证据，还是给放了。

侯天喜恨铁不成钢地说：天阳，不是我说你，以后心眼得活泛点，该捞的就要捞点，不然我们拿什么讨生活。那么漂亮的女朋友，你啥也没有，以后还不得跟人家跑了。

马天阳想起宋鸽，只能笑一笑。

两人天南海北地又说了些别的，就分手了。

他把侯天喜这一情况向宋鸽做了汇报，两天后，宋鸽找到他说：陈书记说了，侯天喜这种人靠不住，解救“李姐”还得靠我们自己。

他点了点头。

这几天，他经常向医院跑，每次去医院，他都要找到院长了解“李姐”的伤情。情况变得乐观，“李姐”在渐渐地好起来。

“李姐”的变化，他也会不时地转告宋鸽。

一天宋鸽对他说：组织已做好营救“李姐”的计划了，只等“李姐”的身体再好转一些。

他的心情轻松起来，自从他接受营救“李姐”的任务以来，他的压力一直很大。每次看到日本人折磨“李姐”，都仿佛受折磨的是他自己。他佩服“李姐”的坚强，一个女人面对敌人各种酷刑，她连哼一声都没有，多么伟大的信仰在支撑着她呀！

他入党的时候，也是为了信仰，但他和“李姐”相比太渺小了。他甚至想过，如果是自己面对如此酷刑，能不能忍受住敌人的拷问？

出逃

“李姐”在医院治疗一个月后，身体有了起色，在护士的搀扶下能下床活动了。

一天傍晚，宋鸽找到了马天阳，告诉马天阳明天下午两点组织会设法营救“李姐”，他的任务是把警察局的两个警察引开。

引开两个警察容易，但要做得滴水不漏，这不是件容易的事。

第二天中午，刚吃过饭，马天阳就来到魏局长办公室，提出要和魏局长打麻将。最近魏局长学会了打麻将，对打麻将这种游戏正在兴头上，可在这时并没有闲人，出勤的、值班的，整个警局就魏局长和马天阳是闲人。马天阳就出主意说：那两个医院的警察也没什么事，我看他们就是坐在门口睡觉。

上午的时候，魏局长和马天阳到医院去了一趟，离老远就看到病房门前两个警察东倒西歪地站着。那两个警察说：女共党跑不了，天天在床上躺着。

魏局长被马天阳提醒了，嘴里咒了句：这两个白吃饭的。

他拿起电话就打到医院，找到两个警察后，魏局长命令他们跑步回警察局。

不一会儿工夫，不知发生了何事的两个警察气喘吁吁地出现在魏局长门口。

马天阳已经把麻将摆上了，魏局长挥下手道：坐吧。

两个警察愣了一下，就陪魏局长玩开了麻将。两人都是跟随魏局长多年的人，并不陌生，魏局长一边打麻将，一边骂骂咧咧的。

一直打到傍晚，魏局长才让两个警察回医院。

马天阳看了眼时间，此时已经五点出头了，三个小时的时间，足够“李姐”安全转移了。

他正在收拾魏局长的办公室，两个警察又呼哧带喘地跑回来了，结结巴巴地告诉魏局长：那个女抗联没了。

没了？她能跑哪儿去？魏局长瞪大眼睛。

警察就说：病房是空的，楼上楼下都找了，问谁谁都说不知道。

此时，在外面执勤的警察已陆续回来，院子里热闹起来。

魏局长一边系扣子一边道：难道一个病人还能飞了不成？

他抓起哨子，站在门口吹了起来。

一队警察来到了医院，他们彻查了医院，真的没发现女抗联，一致的结论是：跑了。

此时天色已暗，零星的病房已经点亮了灯。魏局长站在医院的楼下，看着陆续回来的警察，半晌没有反应过来。

他自己独自走到车前，拉开车门，回过头才看见包括马天阳在内的所有人都在望着他。他冲马天阳：愣着干啥，还不快上车。

马天阳向车走去。两人坐上车，魏局长冲一个老警察道：把咱们的人带回去。

魏局长的车开走了，直接来到了宪兵队。

中村此时已吃过晚饭，吸足了鸦片，换好便装，正准备去马迭尔和铃子约会。

魏局长和马天阳从车上下来，中村看到魏局长有些吃惊，魏局长很少直接到宪兵队找他。

当中村听说女抗联跑了的消息时，他也有些发愣，这条消息对他来说太意外了。前两天他派侯天喜去医院打探女抗联的消息，侯天喜回来告诉他：女抗联还下不了床，身体恢复没有个把月怕是不可能。

中村并不关心女抗联，逼他审讯女抗联的是哈尔滨司令部的人，他们把任务交给他，他只能硬着头皮完成工作。

女抗联失踪了，无论如何他不好向上级交差，他集合了宪兵队的人，命令人马连夜搜查。他又命令魏局长给各区县警局的人打电话，让他们一同协助搜查。

那天夜里，城里城外，都是日本宪兵和警察的身影。

马天阳两天后从宋鸽嘴里得知，那天下午“李姐”坐着一辆租来的车走了，一同走的还有两位医院的护士。这两个护士已经被组织策反了，她们要掩护“李姐”一同撤退。到了城外，为了“李姐”行踪的保密，她们离开汽车，又坐上了一辆早就准备好的牛车。

马天阳听到这个消息，舒了一口气。

一连几天，城里城外被宪兵和警察翻了个底朝天，也没有发现“李姐”的影子。

一天上午，中村来到了警局，侯天喜走在前面，车旁仍站立两名荷枪实弹的日本宪兵。

魏局长见到中村，忙把烟头摁死在榆木烟缸里，站起身迎接中村。

中村坐在沙发上，侯天喜站在一旁，马天阳进门冲中村问了声好，给中村和侯天喜倒了两杯水。

中村非常不高兴的样子，脸拉得很长，乌青着。

侯天喜就说：中村太君想知道，那个女抗联是怎么跑的。

魏局长坐下了：妈了个巴子，这都一个多月了，女共党天天在病床上躺着，谁想到会出事，老虎还有打盹的时候是不是！

侯天喜冲魏局长一笑，又看眼马天阳：局长，你这么说我没法给太君翻译。女共党跑了你得找点理由是不是，中村太君被上级训斥了，他心情不好。

魏局长小心地看了眼中村，又给马天阳使了个眼色。马天阳忙抓起魏局长桌上的烟递给中村，中村摆了下手。

魏局长抓抓头冲侯天喜说：当时医院有两个警察，一个去吃饭，一个正赶上拉肚子去解手，就这空当让女共党跑了。

侯天喜把这个理由翻译给了中村。

中村说：见见这两个警察。

侯天喜给魏局长翻译了。

魏局长干咳一下，冲马天阳说：马副官，把张四哥和李满囤给我叫来。

马天阳看眼魏局长，魏局长的眼神是坚定的，不容置疑的。马天阳犹豫着走出局长办公室，他担心两个警察来了，一定会穿帮，说不定这把火会烧到魏局长和他身上。可他找遍了整个院子，问了其他人，都没有看见这两个人。

他回来冲魏局长报告道：局长，这两人不在了。

三个人的目光同时落在他的脸上，他的神情也是不容置疑的。

魏局长拍了下桌子：妈了个巴子，跑了！

马天阳暗中佩服魏局长的老辣，这两人消失一定和魏局长有关。两个警察跑了，查无对证，魏局长甩锅的技术真是高明。

中村队长没得到他想要的，只好走了。侯天喜上车前，满脸内容地冲魏局长和马天阳笑。

送走中村，马天阳和魏局长回到办公室。

马天阳似自言自语：张四哥和李满囤怎么就跑了呢？

魏局长坐下，躺在椅背上：他们不跑，难道还要让日本人抓走？日本人正在找替罪羊。

他们走了，日本人找你麻烦怎么办？马天阳把桌上的烟灰倒掉。

魏局长笑一笑：大不了把我这个局长撤了，日本人这个饭碗不好端呢，我早就不想干了。

马天阳定下心来，看来随着两个警察消失，这件事只能不了了之了。

意　外

“李姐”营救成功，让马天阳和宋鸽两人一下子轻松起来。盛夏的江边，有渔船归来，一群排队的人在买鲜鱼，也有一些散步的情侣，被江风滋润着。

马天阳和宋鸽走在傍晚的江边，夏日的微风让他们感到阵阵凉意。不知不觉间，时间过得很快，虽然天色将晚，两人仍没有分手的意思。在一张排椅处，两人坐下来，宋鸽把头伏在马天阳的肩上，有风让宋鸽的头发飘到马天阳的脸上，痒痒的，还带着一股特殊的香味。他们沉浸在片刻的美好之中，他揽了她的肩，她的肩是圆润的，实实在在的触感，让他兴奋起来，他突然扳过她的头，吻向了她。她似乎等着这一吻已经许久了，颤抖着睫毛闭上了眼睛，嘴唇是湿润的。这是他们的初吻，半晌，两人才分开。

他不望她，却望着自己的脚尖，小声地说：给组织打份报告吧。

她脸红心跳，望了他一眼，他抬起头，看见了她眼里的水汽。他看见她点了点头。

依据组织原则，他们恋爱、结婚是要经过组织批准的。只有组织批准，他们才可以名正言顺地在一起。

夜色渐渐笼罩了江边，只有江水轻拍着岸边，他们恋恋不舍地离开江边，离开了彼此。他仍旧把她送到 76 号侧门。分手前，他一直揽着她，她突然离开他的身体，让他的心一下子空荡起来。她低着头向前走两步，他“哎”了一声，她立住脚，回过身，雾一样地望着他。

他说：报告你写吧，到时我签字。

她咬着嘴唇，深深地点了一下头。突然她向他奔了过来，一下子抱住他，两人又一次深情地吻了起来，在无人的街道，在这寂静的夜晚。

两人又一次分手，他望着她的背影，仍然能感受到刚才她在他怀里的战栗。一直到她的身影消失，他才兴奋地向警局走去。

走进警局，看见局长办公室里灯光仍然亮着，门虚掩着，他敲了一下门，便走进去。魏局长拿着酒壶在喝酒，眼睛已经充血了。

正在这时，小张提了瓶酒进来，放到魏局长面前，见到他就说：马副官，刚才你不在，局长要喝酒，我去替局长买了瓶酒。

他拍一下小张的肩，说了声：谢谢。

他预感到有大事发生了。

果然，魏局长放下酒壶，叹口气道：小马，那个女共党又被他们抓住了。

他吃了一惊，望着魏局长，半晌问道：人呢?

魏局长满嘴酒气地说：被关到市局了，日本人不再相信我们了。

从“李姐”被救到现在才短短几天，在这几天时间里他是高兴的，经过他们的努力，终于救出了“李姐”，他完成的不仅是组织交给他的任务，也是一种心愿。可短短几天他的心愿就落空了。他站在魏局长面前，心里一时不知是何滋味。

魏局长喝口酒道：人关到别处去了，咱们也算解脱了。妈了个巴子，看见审中国人闹心哪。

魏局长感叹着，从他的脸上似乎也能感受到失落，毕竟为了救“李姐”也让魏局长虚惊了一场。人被关到市局，证明日本人不再相信道里警局了，从这个角度分析，魏局长又是失落的。

原来，“李姐”因身体原因并没有走多远，最后被安排到掩护她一同出走的一位护士家里。组织的意思是让“李姐”再恢复几天身体，躲过敌人的严查，风平浪静之后再把“李姐”转移出去。

日本人悬赏缉拿逃跑的“李姐”，世上没有不透风的墙，小小的村落里来了位陌生女性，躲是躲不过的。一位村民把这一消息报告给了乡公所，乡公所又报告给了县局，“李姐”就再次落网了，还有那位好心的护士。

魏局长把来龙去脉说了，他似乎喝多了，一副恨铁不成钢的样子：妈了个巴子，人为财死，鸟为食亡。都是中国人，造孽呀。

马天阳看着魏局长，他心里告诉自己，魏局长是个有良心的中国人。但他的身份告诉他，不能在外人眼前表露自己的情绪，他只能依着魏局长的话，附和了几句，劝魏局长早点休息。

那一晚，他几乎一夜没睡，睁眼闭眼的都是“李姐”被抓获的场面。他难过、伤心，甚至有些失望。为了打探“李姐”更准确的消息，第二天一早，他去了一趟宪兵队，他以办事路过为名来到了侯天喜的门前。

侯天喜一脚穿拖鞋，一脚穿着皮鞋，脚高脚低地为他打开门。

侯天喜见是他，问道：天阳，这一大早的你怎么来了，有事？

他若无其事地说：我在附近办事，人家没开门，我就拐到你这儿来了。

侯天喜正在擦皮鞋，穿在脚上的鞋已经擦好，另一只提在手上，他一边哈气，一边用布擦拭。侯天喜的头梳得很整洁，一丝不苟的样子。

马天阳就说：你这要去哪儿呀？

侯天喜：你还不知道吧，那个女抗联又被抓回来了，一会儿我陪中村队长去市局提审。

马天阳装作吃惊地说：她没跑哇？

侯天喜用鼻子“嗤”了一声：这都是日本人的天下，你说她能跑到哪儿去？

马天阳似自言自语：也是。

侯天喜：昨天那个提供情报的村民来宪兵队领赏，给了钱还不走，说是不够。他也真是找死，日本人火了，把他抓起来也投到监狱里去了，让他找阎王算账去吧。

侯天喜穿好鞋，起身拿出镜子上下照自己。马天阳借机告辞，离开了宪兵队。

当他把“李姐”又一次被捕的消息转告给宋鸽时，宋鸽说：组织已经知道了，正在想办法。

他从宋鸽的脸上也看到一脸的失落。

那天两人坐在江边，许久都没有说话。

半晌，宋鸽颤抖着声音道：日本人又该对“李姐”动刑了吧？

说完她怕冷似的打了个哆嗦。

他以为她冷了，脱下外衣披在她身上，她又把衣服还给他。

以前，他给她讲过日本人给“李姐”动刑的过程，鞭子抽，烙铁烧，在伤口上搓盐，最后把“李姐”剥光，往她的私处里扎针，然后通电。他当时就感慨，别说一个女人，就是一个男人也受不了这样的酷刑。

她每次听，都怕冷似的缩紧身子，嘴里吸着气，一遍一遍地说：“李姐”太了不起了。

他们以前也做过有一天自己被捕的打算。做地下工作的，周围都是敌人的眼睛，说不定哪天，他们也会像“李姐”一样。

他问她时，她没有回答，许久才问他：那你呢？

他抓过她的手：我不会出卖你的，你是我的上线，我要把你供出，咱们这条线就什么都没了。

他能感受到她的手在自己手里颤抖，他用了些力气，安慰着她。

每次他们见完面，他都会附在她耳边说：要小心。

她点点头，记下了他的叮嘱。

此时，“李姐”又一次被捕，他们却爱莫能助，无边的沮丧让他们感到憋闷。他伸出手去拍她的脸，是湿的，他发现她脸上都是泪。

就　义

马天阳和宋鸽坐在江边，夜色笼罩了江面，江水轻拍着堤岸。

她伸出手，碰到了他的手，用力地抓住。他发现她的手有些凉，他揽过她，轻声道：要是冷，咱们就回去。

她没有说话，头伏在他的怀里，他抚摸着她的头发。

她说：我怕。

他低下头，借着月色望她的眼睛。

她又说：我怕有一天，我也会像“李姐”那样。

他更用力地抱紧了她，她的身体不易察觉地轻微地颤抖着。

半晌，她说：咱们向组织打个报告吧。

他不解：什么？

她说：我们要求结婚。

他有些感动，更紧地拥着她：这时候怕不合适，组织正在想办法营救“李姐”。

这是两人加入地下组织以来，遇到的第一个艰巨任务。几个月来，他们都在为营救“李姐”想着办法。

终于两人往回走去，他又把她送到76号侧门。这次她没马上走，而是扶着门，回身望着他说：上去坐会儿吧。

这是她第一次向他发出这样的邀请。他早就想到她的闺房看一看，接到这样的邀请，他笑了一下，跟着她向前走去。

在二楼一个拐角的房门前停了下来，她用钥匙开门。门开了，她走到窗前一张桌子旁，打开了一盏台灯，屋里顿时亮了起来。一张整洁的小床，床上放了一个布偶玩具，墙旁放了一个衣柜、一张桌子、一把椅子，这大概就是她的全部家当了。

他站在屋内打量着这一切。她脱去外衣，定定地看着他，突然她把他抱住，很用力气的那一种。他也抱紧她，低下头，他们相互亲吻，她一下子软了下来，身子向床上滑去，但手仍然没放开他的身体。他被她带着也向床滑去。他伏在她的身上，她伸手去解他的衣服，他怔了一下，她迷蒙地说：今晚你别走了，陪我。

他站了起来，又坐在椅子上，望着她。她躺在床上，衣服凌乱，双眼迷离，他的行为让她有些吃惊。

他俯下身，拉着她的手：我也想，我爱你，从第一次见到你那天开始，可我们的事还没有向组织汇报。

宋鸽也冷静了下来，她坐起来，披上衣服给他倒了杯水，他一口气把水喝干。

他拉过她，让她坐在自己的身上，附在她的耳边说：等组织批准了，我们就结婚。

她点点头说：我怕。

他更紧地把她抱在怀里，他理解她的怕。她怕自己成为“李姐”，他想起“李姐”受刑的场面，他也打了个寒战。

他告别她，走在清冷的街上，他前所未有地感到担忧。刚刚找到的幸福他害怕转瞬间丢失了，在这里只有她和他在一起。他向警局走去，抬头看见了星星，此时的星空正热闹着，树上也正虫鸣一片。

第二天一上午，他发现魏局长办公室的门一直关着，他去推门，发现门被锁死了。他看见了小张，问魏局长去哪里了，小张说：一大早坐车走了，他说去开会。

以前每次开会，魏局长都会叫上他的，他是副官兼翻译，但这次却没有。他不知发生了什么事。警局仍一切正常，出警的警察陆续上岗，值班执勤的一如往常。他放下心来，回到宿舍里去看书，却忍不住地走神，不时地会想起宋鸽，一想起她，心里就有说不出的担忧，她的怕和孤独影响着他。

下午的时候，他听到魏局长的办公室里有了动静，忙向魏局长办公室走去。门果然开了，魏局长站在桌前。他立在门口道：局长，开会回来了？

魏局长脸色很不好，解开衣扣，坐在沙发上，面色仍旧青灰着。

遇到了什么不开心的事？他走进去，把水杯放到魏局长面前的茶几上。

那个女抗联被处决了，就在上午。魏局长端起杯子喝水。

他吃了一惊。他知道，整个哈尔滨地下组织都在想办法全力营救“李姐”，没想到敌人下手这么快。

就在上午，失去信心的日本人下令处决了“李姐”，地点在珠河县小北门外。魏局长接到通知去开会，赶到宪兵队时，却被日本人拉到了珠河小北门，他和许多区县的警察局长一起围观了这次处决。

魏局长吸烟，长叹一声：我从没见过这么刚烈的女人，人已经被折磨得不成样子了，仍然昂头挺胸，连眼皮都没眨一下。

他没说话，想象着那个场面。

魏局长又说：要是中国人都像她那样……唉，人为财死，鸟为食亡，咱们这都是混口饭吃。

魏局长感慨着。

他把这一消息告诉宋鸽时，宋鸽望着天长出了口气，轻声地说：“李姐”也算解脱了。

半晌望着他：陈书记已经知道了，你走吧，让我静一会儿。

他犹豫着离开她。

两天后，他又见到了宋鸽。两人依旧在江边，宋鸽似乎平静了许多。

他忙问：陈书记说什么没有？

她摇摇头：陈书记肯定了你的工作。

他苦笑着摇摇头，想起“李姐”受刑的场面，面对现在的结果，他似乎也在为“李姐”的解脱而感到庆幸。但作为同志，她就在自己的身边受到如此的折磨，自己却爱莫能助，他又有些悲哀。

宋鸽半晌幽幽地说：我要是“李姐”，我也宁可选择去死。

他听了这话，怔了一下，拉过她的手放到自己手心里。

她倚在他的身上：死是一瞬间的事，老人都说，人死后是有灵魂的，你信吗？

他望眼天空，依旧是繁星满天，他没有说话。

久久，他望着她，他意识到，“李姐”的结局让她心里不好过，她是个女人，他能理解。夜风吹来，已有些凉意了，他说：回去吧，别着凉了。两人往回走去，谁也没有说话。

不久后，区委陈书记向宋鸽转达了关于他们恋爱的意见：组织同意他们恋爱，但不同意这么快就结婚。

她向他转达了陈书记的意见。他想了想说：这是组织要考验咱们呢。

她说：只要有你，我就不会害怕。

他听了她的话，觉得是一种幸福也是责任。地下工作者，是风口浪尖上的职业，他暗自发誓，要用自己的生命保护她的安全。

从“李姐”被捕受刑，到牺牲，虽然他们不是当事人，但他们是整个事件的亲历者。“李姐”牺牲了，她是一个真正的战士，她鼓舞着他们，也在提醒他们，危险就在身边。

宋鸽是个女人，他爱着的女人，他绝不能看着自己心爱的女人受刑受辱。他提醒她，处处要留神，接头时要观察周围的环境，甚至自己住处也要留意是否有陌生人来往。她听了这话，点着头都一一记下了。他们都有一种感觉，危险就在身边。

张 鼓 峰

1937 年 7 月，卢沟桥事变，中国大地狼烟四起。

“满洲国”成了日本人屯兵的大本营，源源不断的日本军船在旅顺口登陆，又浩浩荡荡地西出山海关向关内挺进。东北成了日本人侵略中华的大后方。

在吉林有一个叫张鼓峰的地方，张鼓峰的对面就是苏联边境。张鼓峰本是中国的地界，《瑷珲条约》之后，沙俄借机把张鼓峰窃为己有。大清皇帝远在北京，鞭长莫及，自身难保，眼睁睁地看着中国的土地被沙俄侵占。

日本人调兵遣将，苏联也不停地在张鼓峰一带增兵，这就引起了日本人的警觉。日本人正全力准备用最短的时间拿下中国，不料却被苏联在背后盯上。对于苏联，日本人也早就有一并把它装入自己口袋的野心，只因忙于入侵中国，还没抽出足够的兵力和时间。苏联人也担心日本人有朝一日会咬自己一口，不仅在东北边境，包括蒙古边境一带也屯有重兵。

日本人担心苏联人先出手，于是在张鼓峰一带开始调兵遣将。

侯天喜的日子过得滋润得很，马迭尔饭店成了他的大本营。他只是宪兵队长中村的翻译官，按道理，他没有这么大的自由，在日本兵营里随意进出。这一切都缘于中村，中村吸的烟土需要他购买。还有日本向中国全面开战后，商人秋田的商船被军队征用了，即便不征用，炮火连天的中国也已不适合商人做生意了，铃子的房费便成了问题。中村每月拿的是军饷，除了自己的花销，一部分寄到家里，已没有多余的款项来支付其他了。铃子的房费到期后，中村没了办法，提出让侯天喜帮忙，侯天喜只能帮忙，他基本把中村掌控在了自己的手里。他不论干什么事，中村都是睁只眼闭只眼，侯天喜的日子就变得如鱼得水起来。

一天，他又来到马迭尔饭店和娜塔莎约会，娜塔莎向他打听黑龙江的日本兵向张鼓峰增兵的消息。

侯天喜意识到这将是一笔大买卖，他装作吃惊地道：打听这么重要的情况，要是日本人知道了，那可是要掉脑袋的。

娜塔莎也是见过世面的人，马上说：事成之后会有重礼。

侯天喜一边喝咖啡，一边嘬着牙花子，一边摇着头，他要吊足娜塔莎的胃口。

娜塔莎见侯天喜不吐口，便又说：有什么条件你提。

侯天喜想了想，伸出十个指头，张开两只手。

娜塔莎不解地问：什么意思？

侯天喜道：得十两黄金，这么重要的情报我搞不来，我得找日本人去买。

娜塔莎显然对十两黄金做不了主，沉吟一会儿道：我明天答复你。

侯天喜笑了，一副很潇洒的样子。不仅中村被他掌控，眼前的娜塔莎也成了他的掌控对象，虽然他们现在做的是买卖，但对娜塔莎还是有几分情在心里。他明白，娜塔莎是苏联人手中的一枚小小棋子，在交往过程中，每次他从娜塔莎那儿得到一些好处，都会拿出一部分钱给娜塔莎，或者再见娜塔莎时，给她买些礼物，比如一件衣服，或一些东洋的化妆品，每次娜塔莎都会很开心。他感觉到，娜塔莎对自己越来越温存，她快爱上自己了。每次他和娜塔莎约会完告辞时，娜塔莎都会小声地叮嘱他：要小心。是得小心，这种吃里爬外的活不好干。

他点点头，走了。走了一段，再回过头来时，发现娜塔莎仍站在原地，见他回头，不停地挥着手。这一瞬间，他心里也掠过一丝温暖，甚至有种叫幸福的东西。

他对苏联人多少有些了解，不论男女，都是敢爱敢恨的人，爱憎分明，娜塔莎以歌女身份为幌子，干的是为苏联收集情报的工作。为自己的国家服务理所应当，但她也是个直性子的女人，对他的感情从不拐弯抹角，这从她对他的态度上就可以感受得到。被一个女人爱上，是种享受。他起初对娜塔莎只是一种好奇，或者说是买卖关系，她出卖身体，他出卖情报，是交易。随着两人的来往，从娜塔莎爱上他那一刻开始，他对娜塔莎的感情也发生了变化。

娜塔莎接受了他的条件，每次娜塔莎都说是在为朋友办事，这个朋友自然是娜塔莎的领导，就隐藏在哈尔滨的某个角落里。他只是不说破而已。但他怎样拿到情报却成了难题。宪兵队的情况他是了解的，甚至每次行动他也是清楚的，但日本人的布防并不是宪兵队能掌握的。

不久，中村被召到哈尔滨守备区开会。中村每次去上级开会，都会带一个硬壳笔记本。这个笔记本放在中村办公室的一个铁皮箱子里，箱子上挂着锁。有时中村去马迭尔和铃子约会，会把佩枪也放到这个铁皮箱子里，钥匙挂在身上。侯天喜知道，铁皮箱子里就是中村的全部秘密了。

那天中村回来已经是傍晚了，他迎着中村走进办公室，他知道中村出去快一天了，会马上回宿舍去吸烟。中村吸食烟土虽然不避讳他，但也从来不在办公室里吸，每次都是回到宿舍。

中村这次回来，把笔记本放到箱子里锁上，说了句：我要回去歇一会儿。

他笑着把中村送走。

他一个人留下，开始研究铁皮箱子。铁皮箱子很沉，一两个人都很难搬动，锁是暗锁，像密码箱那种，想打开根本不可能。他坐在中村的办公桌后面想着对策，突然发现，中村办公桌的抽屉是开着的，他好奇地打开抽屉，在里面翻找着，在一个角落里他发现了一把钥匙。他不知是什么钥匙，但中村的整个屋子里，只有铁皮箱子才有一把锁。他拿过钥匙，去试着开那个铁皮箱子，奇迹发生了，铁皮箱子居然被他打开了。

他第一次近距离地查看这个铁皮箱子，开会带的笔记本就放在最上面，有一些文件，都是过时的内容，还有一些中村的积蓄也放在里面。下面的东西他来不及细翻，只打开笔记本翻到有记录的最后一页，果然这次守备区的会议说到了部队调防情况，涉及的部队和人数众多，他没法用脑子记住，忙在中村桌上找来纸笔，在笔记本上抄着。他同时留意着外面的脚步声。

中村的脚步声由远而近，他抄完最后一个字，把那页纸放在兜里，锁好箱门，站起身时，中村已经推门而入了。他借势抓过铁皮箱旁边的一块抹布，冲中村道：太君，我擦擦箱子。

中村吸足了鸦片，人就变得精神了，他盘算着一会儿换上便装去马迭尔陪铃子吃俄国大餐。他并没把侯天喜的不正常放在眼里，只是说：我要处理点私事。

侯天喜只好告辞了，可那把钥匙仍在他手心里攥着，已来不及放回原处了。抽屉还半开着，只要中村稍加留意就会发现。

他已经来不及多想什么了，怕夜长梦多，他径直向马迭尔走去。见到娜塔莎时，把那个在兜里揉成的纸团交到娜塔莎手心里。他来不及向娜塔莎多说什么，便又匆匆地回到了宪兵队。他来到中村办公室时，灯已经熄了，门上落了锁，他木然地立在那儿。

黑　云

九一八事变之后，日本人想在东北营造一个和谐的“满洲国”，那会儿一切还都是隐匿的利爪，看似温婉。卢沟桥事变之后，日本人侵吞整个中国的野心暴露出来，中共地下党随之加大了在东北的地下活动。山里面抗联的队伍也在不断地壮大。

日本人意识到，在东北他们最大的敌人是中国共产党，还有活跃在半明半暗中的苏共分子。一段时间以来，抓捕中共和苏共的地下党成为日本特高课和宪兵队的主要任务。

中央大街76号东亚商贸公司，此时也转入地下。组织让这个联络点化整为零，为了减少损失，每个人都单线联系。

此时宋鸽的身份已经不是东亚商贸公司的雇员了，而是去了道里区一家小学当上了老师，组织考虑这样的身份更有利于掩护。

马天阳再见到宋鸽时，她已经是一副教师打扮了，头发剪短了，穿着打扮也朴素起来。她依然是马天阳的上线。

这天，他们的约会地点变成了秋林公司。在当时，秋林百货公司是哈尔滨名气最大的商场，不论何时人都是最多的地方。

他们像情人似的逛着商场，她挽着他的手臂，趁周围没人注意告诉他：日本人正在调动兵力，组织希望你能掌握日本人的调兵情况。

他点点头，在一个布玩偶柜台前停下脚步，几只摆放在那里的布偶吸引了他的注意力。他指着一只布偶猴说：喜欢吗？

那是只生动异常的猴，似吊在一棵树上，做出害怕的样子，用双爪去遮自己的眼睛。

她看到笑了，点点头。

他叫来营业员把布偶猴买下，放在一只纸袋里递给她。她收下猴子，一副喜不自禁的样子。

他们走出秋林商场，在门前看到一个老汉推着车在卖糖葫芦，山楂火红，让人垂涎欲滴。他又买了两支，一人一支，他们举在手里，这是他们一周以来最高兴的时候了。

自从宋鸽去了学校，他们每周日会相约一次，除非有特别紧急的事，这是组织的要求。此时，一辆日本宪兵队的车在大街上驶过，车内宪兵举着枪押解着两个人。看到这样的情景，两人心里都不由得一紧，刚刚轻松起来的心情又沉重了下去。

他们在公交车站停了下来，那是她回学校的公交车站，他说：你回去吧，难得周末，休息一下。

她点点头。不一会儿，公交车来了，她上了车，他看她转过身冲他挥手，手里仍举着红红的糖葫芦，怀里抱着那只布偶。她的身影连同公交车一起消失在他的视线里。

警察局也不像以前那样轻松了，不时地集合，去执行日本人指派的任务。他穿过小胡同向警局方向走去。

关于日本人的兵力调动，在警局很难得到这样的消息，要打听日本人的情况，只能找侯天喜了。

回到警局之后，他看见魏局长在擦枪。以前魏局长从不把枪带在身上，有时挂在墙上，有时扔在抽屉里，魏局长亲自擦枪他还是第一次看到。

魏局长见他看自己就说：妈了个巴子，日本人说是要检查咱们警局的佩枪。

他自从来到警局，没人发给他枪。当时魏局长说：你是翻译官，不需要那玩意。他说：给我也不会用。的确，他从来没摸过枪，更不用说打枪了。

他坐在魏局长对面，有一搭无一搭地说：局长，听说日本人正在调动兵力，是不是有什么大行动啊？

魏局长抬下头：是啊，我也听说了，听说城里的驻军都被调空了，不知日本人在搞什么名堂。

他不失时机地说：要不我问问？

魏局长放下枪：对，应该的，咱们早点知道情况，免得吃亏。

他又说：这样得请侯翻译官吃顿饭，只有他兴许能了解点日本人的情况。

魏局长：你给他打电话，晚上在咱们警局灶上安排他，就说我请他。

马天阳心里有了底，随后给侯天喜打了个电话。侯天喜听说魏局长要请他吃饭，立马就答应了。

晚上，侯天喜如约而至。他一改往常的穿着打扮，西装领带不见了，改成了中山装，口袋里还别了一支笔，头发打了发胶，纹丝不乱的样子。

马天阳作陪，三个人就开始吃喝。侯天喜一直夸警局的伙食好，不像日本宪兵队，日本人吃的东西他不习惯。

马天阳就说：你天天去马迭尔吃大餐，还用在乎日本人的伙食好不好？

侯天喜喝了口酒道：你们不知道哇，最近宪兵队管得严了，不让外出，更不允许在外面过夜。

魏局长也好奇起来：这是怎么了？对我们警局也管得严了起来，让我们二十四小时值班。

侯天喜摇摇头。马天阳见他不愿多说，就换了个话题：天喜，咱们是老同学，虽然见面机会不少，可吃饭机会却不多，来，干了这杯。

两人就干了，酒是西凤酒，是魏局长珍藏多年的酒。

侯天喜又和魏局长干了两杯，酒就有些上头，话也多了起来。他见四周无人，才说：日本人要有大动作了。

两人都认真地听。

侯天喜卖了个关子：城里城外的部队都调走了，一部分人去了关内，一部分人去了吉林。

魏局长忙问：去关内的我听说过，调吉林去干什么，难道那里要有事了？

侯天喜红着脸：张鼓峰听说过吧？

魏局长摇摇头。

侯天喜：延吉那儿，过了张鼓峰就是苏联地界了。

魏局长：啊，日本人要对苏联动手？

侯天喜拿起半个猪蹄去啃：不仅哈尔滨的兵，还有辽宁的兵都调到张鼓峰了。

魏局长喝了口酒：这是要打仗了？

马天阳：不会把我们也调过去吧？

侯天喜：当然也有中国人，不然皇军养着这些人干啥。

侯天喜喝多了，魏局长叫来自己的车，让马天阳去送他。

在路上，侯天喜拉着马天阳的手道：天阳，实话跟你说吧，整个哈尔滨，除了我们宪兵队还有你们警局，再也没有一兵一卒了，这阵子，你要小心。

马天阳点点头。果然，宪兵队比以前戒备森严了许多，车没让进宪兵队，在门口就被拦下了。他想扶侯天喜进去，也被日本兵挡住了，侯天喜被一个日本兵搀扶着走进去。

马天阳第二天一早就通过一个联络点把这一情报传了出去，这是他和宋鸽约定的联络点，如果不方便找对方时，就利用联络点互传情报。

情报传出去之后，山里的抗联异常活跃，几个县的警察局被端掉，缴获了大量枪支、弹药，收购了不少粮食和蔬菜运到了山里。趁日本人空虚之际，抗联突破了敌人的封锁，来到山下县城进行活动。

风　雨

日本人和苏联人在张鼓峰打了一仗，只几天的时间，日本便败下阵来。日本人的精力都用在了侵占中国，淞沪会战之后，马上又组织了武汉会战，日本人抽不出更多兵力来应付苏联的军队。张鼓峰一战完全是试探苏联军队，双方损失旗鼓相当，日本人是不想恋战，才草草签了停战协议。

无论如何，日本人在张鼓峰一战中没占到任何便宜，心里多少对苏联有些忌惮。两国之间的关系变得微妙起来。

有一天，娜塔莎把电话打到了宪兵队，找到了侯天喜，告诉侯天喜要马上见他。娜塔莎用这种方式找侯天喜还是第一次。

不多一会儿，侯天喜如约来到了马迭尔，饭店门口，娜塔莎正焦急地等待着侯天喜。侯天喜见娜塔莎这样，便知道她一定有急事求自己，心里暗喜，嘴上却说：你是不是想我了，大白天的就叫我？

娜塔莎不由分说拉着侯天喜走进自己地下室的宿舍，随手关上门，自己坐在床沿，让侯天喜坐在屋内唯一的椅子上。

侯天喜收了笑，盯着娜塔莎：出什么事了？

娜塔莎就说：日本人把我们的一个商人伊万抓走了，说他是特务。

侯天喜想起来了，昨天傍晚，宪兵队抓了一个苏联商人，关在宪兵队里，具体是什么原因被抓来的，他没过问。

卢沟桥事变前，日本人每次抓到人，都会关押在警察局，兵是兵、民是民，分得很清楚。“满洲国”在日本人看来就是自己的国家，有皇帝，有军队，有警察。中国的皇帝，中国的警察，日本军队负责“满洲国”的安全。卢沟桥事变之后，日本人不需要隐藏自己的野心了，不远的将来，整个中国都会是大日本帝国的了，自然按照自己的法律行事。再抓到人，直接关到了宪兵队，警察局只关押一些扰乱社会治安的小人物。

见娜塔莎这么说，侯天喜说：是有个苏联人被抓了，这个人为何让你这么上心？

娜塔莎说：伊万是我的朋友，他是个皮货商人，根本不是特务，想办法把他放出来，条件你提。

侯天喜忙摆手道：我只是宪兵队的一个小翻译，抓人放人的事可不归我管，打听个消息我还能做到。

娜塔莎拉过侯天喜的手摆晃着：求你想想办法，伊万是我在中国最好的朋友，你一定要救他。

侯天喜回到宪兵队之后，在审讯室里果然看到了一个苏联男人被绑在一根柱子上，身上已经有了伤痕。两个日本人坐在桌后，正在审问伊万。

翻译是个老头，头发卷曲着，看样子是个二毛子。果然，这老头俄语说得很溜，很纯正。伊万什么也不说，只一遍遍地喊冤枉，称自己只是个商人。

侯天喜在和中村闲聊中了解了一些真相，这个叫伊万的男人，表面的确是个商人，把苏联的皮货运到哈尔滨，在哈尔滨开了几家皮货行。伊万已经被特高课的人盯上许久了，这次下令让宪兵抓捕，是说他身上带了一份情报。宪兵是在一个皮货行对他进行抓捕的，宪兵亲眼看见，伊万把一张纸揉成团吞到了自己肚子里。证据确凿，日本人把伊万带回到宪兵队开始审问。伊万不承认什么情报，说自己吞掉的纸团只是一份商业合同，因宪兵闯入紧张，才吞了下去。

死无对证，只能动刑。

当侯天喜把这一消息告诉娜塔莎时，娜塔莎无路求助，她求救似的伏在侯天喜的怀里，哭求道：你一定想办法救伊万，他是我在中国像亲人一样的朋友。

侯天喜心里清楚，伊万一定是娜塔莎一伙的，娜塔莎只是苏联情报环节中最末端的一环而已。他心里这么想，嘴上却说：看来，只能让你们政府出面交涉了。张鼓峰战役已经停止了，现在苏联和日本不是交战国，政府出面也许能保证伊万的安全。

在目前的情况下，他出给娜塔莎的是一个上策。人是宪兵队抓的，但是特高课指示的，抓人放人都得特高课说了算。

娜塔莎擦了擦一张泪脸，红着眼睛说：天喜，谢谢你。说完用力拥抱了侯天喜。

果然几天后，苏联驻哈尔滨总领馆发来一封照会给日本人。照会一到，这就不是特高课和伊万之间的关系了，而变成了两国的关系。张鼓峰事件刚刚结束，日本人虽然并不服苏联人，但毕竟在战场上没占到便宜。

特高课先是下令，暂停对伊万的审问，并派军医给伊万治疗刑伤。又过了一段，日本人因证据不足，还是下令把伊万放了出来。

侯天喜和娜塔莎的来往还是引起了中村的警觉。一天中村把侯天喜叫到自己办公室，两人闲聊中，中村告诉侯天喜要少和娜塔莎往来。

侯天喜笑笑说：太君，她就是个歌女，我的女人，很安全。

中村摇摇头：现在特高课已经盯上马迭尔的苏联人了。

侯天喜谢过中村的提醒，他现在和中村的关系已经融为一体了，中村抽的鸦片，由侯天喜张罗，甚至花钱供养铃子，也得侯天喜想办法。侯天喜在宪兵队的地位就很特殊，两人的关系也变得微妙起来。

但在和娜塔莎见面时，他仍然把中村给他说的消息告诉了娜塔莎。娜塔莎表面很镇静：我就是个歌女，靠接待客人养活自己，日本人怎么会抓我？

侯天喜笑了笑。

娜塔莎又说：打听日本人的消息，是一个朋友需要的，每次他都给钱。我就做了这些，日本人抓我也没用。

侯天喜不说话，望着娜塔莎，刚认识这个女人时并没有什么，只是找个乐子，随着接触越来越深，他开始对她动起了真情。人都是感性动物，就是养个小猫小狗，时间久了也会产生感情，何况是人。侯天喜在心里这么劝解自己。

娜塔莎躺在侯天喜的怀里，望着侯天喜的眼睛幽幽地说：有一天，我要真被日本人抓住了，你会怎么办？

这对侯天喜来说的确是个难题，他以前几乎没有想过。见娜塔莎这么问自己，他用手把娜塔莎的眼睛遮住道：我会用命救你。

他怕娜塔莎看见自己说这话时的表情。

娜塔莎的眼泪流了出来，沾满了自己的手。侯天喜心动了一下，又疼了一下。

他用力把娜塔莎抱在怀里，他真心希望时间从此静止，这个世界上就他们两个人。

伊万被救了，娜塔莎还是把一笔不菲的钱转交给侯天喜道：是伊万感谢你的。

侯天喜看了看钱，又看了看娜塔莎，最后把钱推给娜塔莎道：这钱留给你吧。

娜塔莎又把钱推给他。

他说：咱们认识这么久了，就当送你的礼物吧。

娜塔莎突然高兴起来：我把钱存起来，留到咱们结婚用。

侯天喜望着娜塔莎，有种想哭的冲动，他把泪忍住，苦涩地冲娜塔莎一笑道：希望真有那么一天。

娜塔莎居然想到了结婚，这是侯天喜始料未及的。他在心里只能哀叹一声，他不知道这样的一天何时才能到来。

同　舟

警察局在宪兵队指挥下，抓了一批人，有的直接被宪兵队带走，有的留在警察局审问。日本人怀疑这些人是共产党，把他们一律打得皮开肉绽，他们便胡乱地招了，许多细节却对不上，又关了一段时间就放了。这些人的确是被冤枉的，有许多人就是普通百姓，也有的一直不招，拷问几次之后，就关在地牢里，不闻不问了。

马天阳看过这些人，从审问记录上看，就是被冤枉的，但又没有证明清白的证据，只能被关在里面。有些人家条件好一些，便凑些钱来赎人。这些人都是宪兵队指派抓的，没有日本人的命令是放不掉的。

这些人托了熟人的关系找到魏局长，魏局长一律把钱推回去，摇着头：人是日本人让抓的，放人得日本人说了算，我没那个权力呀。然后就摇着头叹着气。

魏局长就跟马天阳说：给宪兵队打报告，这些人都不是共产党，放了吧。

马天阳就打报告。过一阵，宪兵队会下来一批名单，指名道姓地放一批人。当初下令抓这些人时，他们也没有证据，只是怀疑，有人出了趟城，有人在城里做小买卖走动多了一点。日本人心里也清楚，这些人不可能是共产党，但还是要抓，为的是震慑。

放了一批，不久，又下令抓了一批，地牢里人满为患。

这段日子，马天阳和宋鸽约会也极为小心，他们见面大都在周末，平时联络都是通过情报点，把情报放下，等对方来取。他们怕见面引起特高课的注意。

周末，他们约会大多数在索菲亚教堂。周末是教会做礼拜的日子，出出进进教堂的人很多，一般不会引起别人的注意，有时在教堂里面，有时就在外面，两人说会儿话，聊会儿天。

一个周末，宋鸽拉紧马天阳的胳膊道：我有些担心。

马天阳认真地看着宋鸽。

宋鸽说：我怕有一天咱们会被捕。

关于被捕这个问题，马天阳也想过。他一次次去情报点取情报，又送情报，虽然他和宋鸽约定不停地变换情报点的地址，但百密总有一疏，说不定什么时候就被特高课的盯上了，虽然他取送情报时经过了伪装。他也看到过无数人被捕，“李姐”就是最好的例证，他想到过牺牲，但是现在的工作是他选择的，为了当初的理想，现在已经没有退路了，只能走下去。更多的时候，他担心的不是自己而是宋鸽，宋鸽毕竟是女人，一想起“李姐”受审时所受的拷打和侮辱，他浑身说不出的难受，他想到要是有一天宋鸽被捕，他不敢想下去。

听宋鸽这么说，他搂紧了她，安慰道：如果有那一天，我会用命去保护你。

宋鸽凝望着马天阳的脸，眼睛潮湿起来。他伸出手，为她擦去脸上的泪痕，笑着说：咱们命大，不会有事的。

宋鸽偎紧他：我想跟组织申请，批准咱们结婚，哪怕我们在一起一天也是好的。

他更紧地把她抱在怀里，深深地点点头。她在他的耳畔说：马天阳，我爱你。

他说：我也爱你。

两人用力相拥着，他能感受她的身体在他怀里颤抖着。

她说：我要向组织汇报，咱们马上结婚。

几天后，他又看到了失望的宋鸽。宋鸽说：组织说，现在形势太危险，不同意咱们结婚。

他听了这个消息也有些失望，但还是安慰着她道：不论发生什么，我们一定会在一起。

那天她提出去江边走一走，两人好久没有去江边了。此时的江堤，垂柳正浓密着，江水不缓不急地流着，他们坐在排椅上，她偎在他怀里，望着江水。

她喃喃地说：天阳，我想家了。

她说过，她的家在长春，她想念着父母。他自从来到哈尔滨也没有回过家，他的家在吉林市，离长春不远。他也想起了父母和哥哥姐姐。哥哥姐姐偶尔有信来，每封信都说，父母身体都好，不让他惦记。家人只知道他来哈尔滨工作，并不知道他的真实身份。

她抬起头望着他说：等春节时候，咱们请假回趟家吧，你见一下我的父母。

他点点头，答应了她。

她笑了笑道：我父母都是通情达理的人，他们会同意咱们在一起的。

两人望着江面，想象着与父母相见的情景。想到这儿，他有些感动，攥着她的手用了些力气。

她畅想着：有一天，我们也会有孩子，我们也会有老了的那一天，到时候孩子也会带着恋人来见我们，那会儿咱们该多幸福哇。

两人畅想着，幸福的时光总是很短，太阳西斜，江面上铺满了晚霞映出的颜色，通红一片。

他送她回学校，在学校门口依依不舍地分手。

宋鸽又一次去联络点取他放好的情报时，两个特高课的便衣截住了她。她挣扎着把写有情报的纸条放到嘴里，当着两个特高课便衣的面把纸条吞了下去。

纸条是他早晨放到联络点的，上面写着日本人进山清剿抗联的计划。这个消息是魏局长在闲聊中告诉他的，说日本人的部队正在调集，准备进山围剿抗联。

中午学生午休，她借这个时间来取情报，结果就被特高课的人盯上了。

她被关进了宪兵队，很快动了刑。

这一消息是侯天喜告诉他的，他的第一反应就是：怎么会，怎么可能？

侯天喜在电话那端说：千真万确，你想办法捞人吧。

他接完电话，木然地站在那里。

魏局长吃惊地看着他道：怎么了，出什么事了？

日本人把我女朋友抓起来了。他说。

妈了个巴子，他们就知道抓好人。

魏局长站起身，不停地在屋里踱步，最后站在桌前：小马你别急，现在找日本人说情没有用，等他们审一审，审不出啥来，也就消停了。

宋鸽被抓时的情形他不知道，不知日本人抓没抓到证据。

魏局长坐下：你今晚把侯翻译官约出来，向他打听一下情况，明天我带你咱们见一下中村。

他觉得眼下魏局长的主意是最佳的选择，忙把电话打过去，那边却没人接听电话了。

魏局长安慰着：不急，过会儿再打，不行就去找侯翻译一趟。

一下午，他一直都在打电话，没有找到侯天喜，却等来了日本宪兵队的车。

车上下来几个宪兵，带队的正是侯天喜，他忙迎上去，侯天喜却避开了他的目光道：天阳，我也保不了你了。

他被几个日本宪兵带走，推到宪兵队的车上。

车开走时，魏局长冲出办公室的门冲车上喊：胡闹，怎么乱抓人，妈了个巴子。

情　爱

日本宪兵出现在他眼前的那一刻，他意识到是宋鸽被捕牵连到了他。宋鸽是他女朋友，许多人都知道，宋鸽有事，自然会牵连他。他这么想过，心便安定下来。

他被关在日本宪兵队的牢房里，并没有见到宋鸽。牢房门口有两个日本宪兵站岗，其他的也看不出异样。他设想过自己有一天会被捕，但他从没想过敌人会用这种方式抓他。他想起了“李姐”，看来，他在这里要待上一阵子了。他半截身子偎在地上铺着的乱草中，昏昏欲睡。不知过了多久，他听见一个女人的叫喊，一下子就惊醒了，起身来到牢房门口，两个日本兵在门外不远不近的地方站着。

他确信，这是宋鸽的喊叫，他想起敌人行刑时的场面，他闭上了眼睛。宋鸽每喊叫一声，仿佛那些刑具也用在了他的身上，他的身子一紧一抽的。他焦灼地在牢房里踱步，冲着门外大喊大叫。

他煎熬着，又不知过了多久，宋鸽的声音弱了下去，最后消失，复归平静。他手把着铁栅栏，望着牢房的走廊，走廊里只有日本兵的身影，其他什么也看不见。他喊着宋鸽的名字，没有人回答。两个日本宪兵戒备地望着他。

牢房里分不清夜晚和白天，敌人送过几次饭，窝头稀饭，他只喝了几口稀饭，他没欲望吃东西，他的注意力都被宋鸽所吸引了。他期待宋鸽的消息，哪怕宋鸽受刑时的喊叫，他忍受不了这种静默。

他忍不住冲门外的两个宪兵问：那个女的怎么样了？

宪兵并不回答他，背过身去，用后脑勺对着他。

日本人审问宋鸽，却不审他，依此分析，敌人并没有掌握关于他的证据。自己被抓到这里，只是因为宋鸽，想到这儿，他心安了一些。接下来，他再也没有听到宋鸽受刑时的喊叫，他不知发生了什么，只能静等。

又不知过了多久，他蜷在房间一角正昏昏欲睡，突然牢房的门开了，他睁开眼看见侯天喜站在了他面前。他要站起来，侯天喜摆摆手，坐了下来，他见到救星似的问侯天喜：天喜，宋鸽怎么样了？

侯天喜叹了口气，冲他笑笑道：你别急，我知道你惦记她，我今天来就是告诉你，宋鸽被放走了。

他吃惊地睁大眼睛，简直不敢相信自己的耳朵。他目瞪口呆地望着侯天喜。

侯天喜从口袋里掏出一样东西，递给他：这是宋鸽让我交给你的东西，她还让我捎话，她说她对不起你。

他打开手绢，那是只玉手镯，是他送给她的。他们在秋林商场买的，就在组织批准两人恋爱后的一天下午。当时他想，这是送给宋鸽的定情物。为买这只手镯，他花光了几个月的工资。

他不知道宋鸽发生了什么，仍双眼空洞地望着侯天喜。

侯天喜道：说了你可能不信，宋鸽承认她是共产党，并交代了她的上级，向日本人写了一份脱离共产党的声明。

侯天喜的话如一粒子弹，击中了他。他木然地坐在那里。

侯天喜又说了些什么，他完全没有听见，只是在心里反复问着自己：这怎么可能，怎么会？他甚至想到这可能是敌人的一个阴谋。想到这儿他渐渐回过神来。

侯天喜站起来，拍了拍身上的草：天阳，咱们是老同学，该说的我都说了，我救不了你，只有你自己救自己。

说完走了出去。日本宪兵为侯天喜打开门，侯天喜一出去，门很快又关上了。

侯天喜回过身，隔着栅栏道：天阳，你可要给自己拿个主意。

侯天喜一走，他冷静了下来，看着那只玉镯。“李姐”牺牲后，两个人有过对话，他们设想过自己要是被捕该如何。

宋鸽说：我要是被敌人抓住，宁可一头撞死，也不受敌人的刑讯。

他想起“李姐”受刑的样子，衣服全部被扒光了，私处被插了针，接上电流……他一想到这些，浑身就止不住地颤抖。

那会儿，他就暗自发誓，要用自己的命保护宋鸽，不让自己心爱的女人受其刑受其辱。

侯天喜的话语中告诉他这样的信息，宋鸽交代了自己的上级，也就是说，宋鸽并没有把他供出来。难道宋鸽是为了保护他，而宁愿暴露自己？

很快他被宪兵带出了牢房，来到一间审讯室里。审讯室不大，摆满了各种刑具，他意识到，宋鸽就在这里被审讯的。他看着这里的一切，不知为什么，竟有几分亲近感，就因为宋鸽在这里受过刑。

他看到了中村，中村面无表情地坐在一张桌后，侯天喜躲在中村背后的暗影里。

中村终于开口了：马君，咱们是老朋友了，多余的话我就不说了，我问你答。

他是魏局长的翻译，他和侯天喜的日语都是在警察学校学来的，中村的话他听得很清楚。

他冲中村点了点头。他见过无数次中村，此时的中村和平时的中村简直判若两人，既熟悉又陌生。

中村说：你到底是什么人？

中村这样问，他一下子放松下来，这意味着敌人并没掌握自己的情况，看来宋鸽保护了自己。

他答：中村队长，我是道里警局魏局长的翻译官。

中村仍面无表情地问：宋鸽是什么人？

他又答：她是我的恋人，是名教师。

他的回答中村似乎不太满意，又说：宋鸽是共产党。

说到这儿，冲侯天喜摆了下头，侯天喜过来，把一张“满洲国”报纸摆在他眼前，他看到宋鸽那份脱离党的声明。

他抬起头，望着中村。

半晌他才答：我不知道她是共产党，我只知道她是我的恋人。

中村的眉毛挑了挑，站起身，走了出去。

有几个宪兵扑上来，把他七手八脚地绑在一根柱子上。敌人开始用刑，皮鞭木棍一起打在他的身上。他想，宋鸽也是这样受刑的吧。他叫了起来，一根木棍打在他的头上，他便什么也不知道了。

再次醒来时，他发现侯天喜正站在他的面前，他先看到了侯天喜的腿，才看到了侯天喜的脸。

侯天喜见他醒过来，忙蹲下身子，叹口气道：天阳，何必受这样的苦呢，宋鸽都招了，你再坚持这是何必呢？

他有些不解地望着侯天喜。

侯天喜忙解释：天阳，咱们是老同学，我看不得你这样，好汉不吃眼前亏。

他说：侯天喜，我什么也不知道，你让我说什么？

侯天喜又说：这里不是警察局，是日本人的天下，没人能救得了你。

他说：那我也不能胡说八道啊。

侯天喜：日本人不相信宋鸽是共产党，而你是清白的。

他说：侯天喜，你是中国人，娜塔莎却是苏联人，你说，你们能相互代表吗？

侯天喜：天阳，你说得有道理，可日本人不信呢。

那我也不能乱说，明明自己不是共产党，非把自己说成是共产党。他有些气喘。

侯天喜叹口气：天阳，我真希望你没事。告诉你，魏局长都找中村两次了，为你求情，魏局长还送了礼。

他闭上了眼睛，叹口气。

侯天喜拍了拍他道：天阳，好自为之吧。说完走了。

侯天喜走后，他又一次想到了宋鸽。他明白，宋鸽交代出了上级，却保护了他。日本人这是诈自己的身份，他坚定起来。

转　折

日本宪兵队又审问了他两次，他除交代和宋鸽是恋人关系外，再问其他，他只能一言不发。

日本人在没有证据的情况下，也犹豫不决，在审问时态度就没那么坚决。

魏局长三天两头来找中村，一来就向中村要人。魏局长发誓马天阳不可能是共产党。在这期间特高课到马天阳的母校又进行了一番调查。每个在警察学校上过学的人，家庭出身和本人情况都经过了严格的审查。学校的资料并没有查到对马天阳不利的情况，有几个老师，其中还有日本教官，都证明马天阳是优秀的学生。

当魏局长再一次找到中村为马天阳求情时，中村拿出一份文件让魏局长签字，这是一封担保函。侯天喜还没把担保函件翻译完，魏局长就在上面签字，还按了手印，然后一边搓着沾有印泥的手指一边道：妈了个巴子，侯翻译官你和中村队长说，马天阳以后有事你找我本人算账，我还就不信这个邪了。

马天阳被放出来了，他站在阳光下，头发已经很长了，身上沾着草屑，阳光刺得他睁不开眼睛。他眯着眼睛看见魏局长。

魏局长说：今天我带你下馆子。

魏局长扶住了马天阳，上了他的车。

洗了澡理了发，换上新衣服的马天阳，又是以前的马副官了。魏局长安排为马天阳接风，李队长、小张等平时和马天阳关系不错的人都到场了。

那天晚宴上，魏局长把几张报纸递给马天阳：这上面说的都是宋鸽的事，我不识字，你看看，是不是真的？

马天阳在日本宪兵队就看过这份报纸，没细看，只瞟了一眼。此时，他望着这份报纸，报纸上还登着宋鸽的照片，宋鸽在他眼里一下子变得陌生起来。

那天晚上，他许久没有睡着，翻来覆去地看着那张报纸。日本人说宋鸽交代了她的上级，陈书记现在在哪儿，是不是被敌人抓起来了？宋鸽供出了上级，却隐瞒了他，为了保护他不惜出卖了自己的上级，想到这里，他再也睡不着了，在灯下看着宋鸽的照片，眼泪滴在宋鸽的脸上。

重获自由的马天阳像一只断了线的风筝。以前宋鸽是他的上线，他们一直保持单线联系，只在刚到哈尔滨时见过一次陈书记。陈书记的身份以及真实姓名他都一无所知，失去了宋鸽，他等于失去了组织。

他和宋鸽曾经约过几处接头地点，江边的排椅、教堂，还有秋林商场前的垃圾桶下面，他们都放过情报。这是他和宋鸽约定的，不知组织知不知道这些联络点。

几天以后，趁人不注意，这些联络点他都去了一趟，并没有发现任何有用的情报。他每走到一处，都会想起宋鸽，他们曾经说过的话，她的话音和笑声，这一切都成了回忆。

宋鸽留下脱离党的声明走了，她现在去哪儿了，她还好吗，她会想起他吗……许许多多的疑问在他脑海里汇聚。

虽然宋鸽脱离了党组织，又供出了上线陈书记，这样就是叛徒的行为，可他仍然止不住去回忆她、思念她。

在失去组织的日子里，他只能等待。

侯天喜也为他安排了接风，地点就在马迭尔的西餐厅。他见到娜塔莎就想起了宋鸽，忍不住伤感起来。

侯天喜和他坐在一侧，老朋友似的把手搭在他的肩头上：天阳，对不起，我真蠢，宋鸽是共产党，怎么会让你知道呢，听说共产党的组织联络非常秘密，她不可能把真实身份告诉你。

他低下头，只能苦笑一下。

侯天喜又说：真没看出来，宋鸽会是共产党的人，她当初和你谈朋友，一定是想利用你的身份保护自己。

面对侯天喜如此这般，他只能逢场作戏地应酬这次晚宴。

喝了几杯酒的侯天喜放下杯子道：宋鸽这丫头也够有心计的，她招了她的上级，日本宪兵去抓人时，人早就跑了。

他侧过脸望着侯天喜：这么说，没有抓到人？

侯天喜摇摇头：抓人那天我就在场，宋鸽交代的地址房门号都对，可就是没人。

他听了侯天喜的话放松了下来，只要陈书记没事，一定会安排人来和他接头。

酒喝得差不多了，侯天喜见他闷闷不乐，便说：让娜塔莎给你介绍一个女朋友吧，俄罗斯姑娘，一会儿让娜塔莎带你去歌厅，随你挑。她们都希望找个中国人做男朋友。

娜塔莎也说：我们这儿有好几位姑娘呢。

吃过饭，他没和侯天喜去歌厅，推托身体不舒服，回到了警局的宿舍，躺在床上，又想起了侯天喜说过的话：宋鸽这丫头也够有心计的……

陈书记一定知道她被捕的消息，三天时间，足够让陈书记安全转移了。

看来宋鸽已经计算出这个时间差了，才供出了她的上级。

几天后的一天，一个警员匆匆找到他，告诉他门口来了一个他老家的亲戚。他怔了一下，不知是什么亲戚找到了这里。在他的记忆里，除了父母知道自己在这儿，并没有别人知道。

他疑惑地走出去，在门口见到了一个陌生人。陌生人见他犹豫，热情地招呼道：我是你表舅家的三小子，天阳哥，你不认识我了？

自称三小子的人拉了拉他，小声地说：马天阳，陈书记要见你。

他脑子马上反应过来，这是组织派人联系他了。他忙大声地说：三弟，都长这么高了，我差点认不出来了。

他回过头冲那个警员道：我跟我表弟出去一下，麻烦你告诉一声魏局长。

在一个茶馆里他见到了陈书记。陈书记戴着礼帽，见他进来，摘下帽子，领他来的人留在外面望风。

陈书记把他拉到桌边坐下：宋鸽已经叛变，我的身份也已经暴露，日本人正到处抓我，我马上就要转移出城。

陈书记朝门外喊了一声：小杨。

刚才领他来的那个人进门。

陈书记说：这是小杨，以后由他负责和你接头联络。

小杨又一次和他握了手道：以后我就叫你表哥好了。

陈书记又说：我走后，组织会派新的上级指示你工作。宋鸽叛变了，你也要小心。

陈书记匆匆地和他握了一下手，冲小杨说：你们商量一下工作，我得马上离开了。

陈书记说完走到门口，回了一下头：别送。

然后打开门消失在门外。

小杨严肃起来道：宋鸽叛变后，我们的工作变得很被动，陈书记转移了，新书记还没到，以后上级有什么指示，我会传达给你。

宋鸽叛变从陈书记和小杨嘴里说出来，马天阳如五雷轰顶，这是组织给宋鸽定的性。在组织的档案里，宋鸽就是叛徒了。

情难却

陈书记见了他最后一面，匆匆地走了。宋鸽的叛变招供，还是给组织带来了一些看不见的损失。因为宋鸽的叛变，陈书记被迫调离。

小杨成了他的上线，他的工作又恢复了正常。小杨和他的接头地点有了新的变化，在一个胡同口的米店里，小杨是米店的一名员工，他现在的身份是小杨的表哥。

恢复正常生活的马天阳，仍忍不住对宋鸽的怀恋，有时独自一人散步，莫名其妙地会走到他和宋鸽经常光顾的地方，江边、教堂，还有宋鸽工作过的东亚商贸公司及那所学校门前。他出现在这些地方，物依旧，人却换了模样。

一天，他又是无意间来到了江边一张排椅旁，那里是空的，他坐下来，这是他和宋鸽的约会地点，也是接头地点。他坐在排椅上，手下意识地摸到了排椅腿，那是他们传递情报时约定的放信地点。突然，他的手似被烫了一下，他竟摸到了一封信，信被叠成方形，压在椅子腿下。以前，他们每次传递情报都如此这般。他下意识地观察了一下四周，确定没人注意到他，把那封信拿了出来，偷偷放在口袋里，他的心乱跳起来。他不知这是封什么样的信，但他确信是宋鸽留下的信。

他再也坐不住了，快速地回到警局，回到自己的宿舍，把门反锁上，迫不及待地打开了那封信。果然是宋鸽留下的。信没有称谓，没有落款，还是传递情报时的风格：

> 当你看到这封信时，我已经离开了哈尔滨，请原谅我这个叛徒。我做不了“李姐”，我不招供敌人是不会放过我的，也不会放过你，那就用我的叛变，换取你的安全吧。
>
> 我招供是在我被捕三天后，组织肯定知道我被捕，有时间进行转移，希望我的招供给组织带来的是最小的损失。我是你的上线，我被捕你就已经脱线了，组织会想办法再次联系你。我知道你现在安全了，陈书记转移了，我可以放心地离开了。
>
> 我虽然没做成“李姐”那样的人，叛变了组织，但我爱你是真心的，不论我是否招供，我被捕注定我们将分离，在这之前我就有预感。我甚至想过组织能批准我们结婚，哪怕做一天你的妻子。可惜现在我们只是朋友，不，现在连朋友也不会是了，因为我是叛徒。
>
> 我走了，将消失在你的生活中，也许永远。你要记

住：安全是你唯一的选择。我会为你祈祷，不论我在何处。永别了，我爱过的人。希望你尽快忘掉我，我尤其不希望我们的相爱会让你受到伤害。

别了我的爱人，也许我们某一天会见面，也许就此别过。如果我们有缘，那就来世见……

马天阳读到这里已是泪流满面，他多么希望能把这封信珍藏起来，作为她留给他唯一的纪念。但组织纪律告诉他，他不能在身边保留只言片语。他划了火柴，把两页纸的信烧掉了。手指间最后一块纸片化为灰烬时，他擦干了自己的眼泪。

宋鸽离开了这座城市，可马天阳仍隐隐地觉得她就在自己的身边。他管不住自己，一次又一次来到他们经常出现的地方，每一处都留下过他们的痕迹。他站在那里，目光越过人头寻找着她的身影。有几次，他看见酷似宋鸽身影的女性走过去，他追过去，冲着背影叫着：宋鸽。

女人回过头，当然不是宋鸽，他失望地看着酷似宋鸽的女人远去，失落地站在那里，无所适从。

他隐隐地觉得宋鸽会出其不意地出现在他的面前，或者给他写信，他一直期盼着，可这样的情景并没有出现。他又想起宋鸽那封信：别了我的爱人，也许我们某一天会见面，也许我们就此别过。如果我们有缘，那就来世见……宋鸽的话语，像一枚枚钉子，钉在他的心里。

他做过几次梦，宋鸽一如以前一样出现在他的梦里。

他悲泣地问她：你为什么要做叛徒？

她望着他开始哭泣，她哭泣着说：我不想步“李姐”的后尘，我还这么年轻，我还想活。

他叹息着望着她。

她仍哭泣着说：请原谅我，我成了叛徒，但没有出卖你。我写了脱离党组织的声明，是为了离开敌人的监牢。

后来她就走了，越走越远，她哭喊着：马天阳我是爱你的，爱你到永远……

她消失了。

他醒来，发现枕巾已被自己的泪水打湿。他再也睡不着，长久地望着天棚发呆。

失去宋鸽的日子里，他的生活少了许多光鲜，没了色彩，世界都变得灰蒙一片了。

驻扎在城内的士兵开始调防，卡车排着队拉着士兵消失在郊外，一连几天都是如此。

魏局长在办公室里吸着烟冲他说：日本人又要有大行动了。

他听着外面街道上驶过车队的声音就说：看样子，路途还不近。

魏局长：前些日子在宪兵队开会，日本人说，苏联军队在蒙古外集结了，看样子，这又要和苏联人开战了。妈了个巴子，贪心不足哇，大半个中国都被他们占领了，还惦记人家苏联。

他问：他们这次调走多少天，都是哪支队伍？

魏局长摇摇头：这是日本人的秘密，咋能跟咱中国人说。

魏局长把半截烟头狠狠摁死在烟灰缸里。

周三是他和小杨约见的日子，在米店里他见到了小杨。

小杨走出米店，在一个拐角的地方和他说话。小杨说：组织希望你把日本人调兵的情报搞到手，越细越好。

他点点头，眼睛看着四周，然后大声地说：表弟，没事我就走了。

小杨声音也大起来：表哥你慢走。

他走到街上，正看见一队卡车在他眼前驶过，他站在路旁，数了一下，共有八辆军车，每辆车上都拉着三十几人。这样的运兵已经持续几天了，他粗算了一下，仅市里调出的兵就约有千人。城外和其他地方的调兵情况并不知晓。他又想到了侯天喜。

关于侯天喜，自从做了中村的翻译官，这人似乎和以前大不一样了。在中村面前吃得开，一下子发达了，经常出入马迭尔，夜夜笙歌，对几个俄罗斯姑娘左拥右抱。他名义上是娜塔莎的男朋友，但似乎对娜塔莎并不专一，一副玩世不恭混世界的模样。

这样的侯天喜他不喜欢，但还要经常打交道，世界就是这个样子，永远和人过不去。

交　换

当娜塔莎把希望得到这次日本人调兵的情况说给侯天喜时，侯天喜显出为难的样子。他抓着头，咂着嘴道：不好办呢，每次弄日本人的情报，我都是脑袋别在腰上，这一阵不比平常了，日本人对情报管得太严了。

娜塔莎似乎摸到了侯天喜的软肋，她伸出十指，又翻了一下道：我朋友说了，这次比上次的价格翻一倍。

娜塔莎没料到她开出的价仍让侯天喜挠头。娜塔莎就说：你想要多少？

侯天喜望着娜塔莎道：你这个朋友究竟是干什么的，他为什么这么关心日本人的消息？

娜塔莎浅笑一下说：我这个朋友，是专门做这方面生意的。

侯天喜正经起来：这是日本人的绝密情报，要是让日本人发现了，那可是要掉脑袋的。

娜塔莎撒娇似的偎在侯天喜身上：我朋友跟军方没关系，他就是一个生意人。

侯天喜不为所动：我要会一会你这个朋友。

娜塔莎把身子坐正道：他不在哈尔滨。

侯天喜一摊手道：那我就没有办法了。

他说完这话，并没有在马迭尔逗留，匆匆地走了。

第二天一早，他接到了娜塔莎的电话，她告诉他这个朋友今天到哈尔滨，在马迭尔西餐厅见他。

侯天喜放下电话，得意地笑了一下。

晚上他出现在马迭尔门前，娜塔莎早已等在那里了，轻车熟路地把他引到西餐厅一个角落里，那里坐着一位商人打扮的苏联男人。他礼貌地冲这个男人点了一下头，便坐到男人对面。

娜塔莎闪身离开了。

苏联男人说：我叫马斯洛夫，在远东做贸易。

侯天喜靠在椅背上，打量着眼前这个叫马斯洛夫的男人。看上去确有几分商人的气质，礼帽已经放在桌子上了，一副金丝边眼镜，两撇胡子，温文尔雅的样子。

侯天喜不想和这个马斯洛夫绕弯子，开门见山地说：先生，不知你为何对日本的事这么感兴趣？

马斯洛夫微微一笑道：兄弟，我是做生意的，只要挣钱，我什么买卖都做。

侯天喜笑了一下：你可知道这是危险的买卖，弄不好你我的脑袋都得搬家。

马斯洛夫：所以我给你出了最高价。他伸出十个指头又翻了一下。然后又补充道：这可是天价了。

侯天喜摇摇头，面露难色道：我只能答应你试一试，钱好花，命要是都没了，我还要钱干什么。

马斯洛夫：人有时就要赌一下。你们中国不是有句俗话吗，人为财死，鸟为食亡。

侯天喜和马斯洛夫告别时，马斯洛夫把一个包递给侯天喜，低声地说：这是订金。

侯天喜把包推回去道：不用。

说完转身消失在了夜色中。侯天喜走过马路再回头时，那个男人已经不在西餐厅门口了。

城里城外的驻军被调空了，宪兵队的任务发生了变化。许多宪兵肩负起了城市守卫的任务，围剿山里抗联的任务交给了伪满军。这是一支日本人打造的中国军队，由日本人提供后勤保障和军事装备，当然也为日本人干事，但战斗力和真正的日军无法相提并论。

宪兵队的任务繁重起来，在中村办公室里，不仅多了两部电话，还架设了电台，这里俨然变成了日军的指挥部。

明眼人一看便知，城里的日本守军已经空了，唯一的部队就是这支宪兵队了，还有城外几百人的伪满军。

侯天喜不用费力地去弄什么情报，驻扎在“满洲国”的几个师团，之前差不多有一半的兵力被抽调去了关内，去支援日本人的侵华战争；剩下的又被日本关东军最高司令部调到了蒙古边境上一个叫诺门坎的地方准备与苏军交战。

此时是1938年8月，卢沟桥事变刚满一周年，日本人侵华的野心正膨胀。经历了淞沪会战和武汉战役，侵华的日军遭遇到了中国军民的顽强抵抗，几场会战下来，损伤自然惨重，在国内兵员无法补充之时，只好把关东军的一部分兵力调到了关内的战场。本来就缺兵少将的关东军，面对苏联军队在诺门坎虎视眈眈，又倾其所有，把剩下的关东军调到了诺门坎，准备与苏军决一死战。

得到日军这份情报并不算是一件困难的事情，侯天喜把东北的驻日守军的兵力，刨除掉留守部分，写了一张纸条，在见完马斯洛夫三天后，告诉娜塔莎，他要再次约见马斯洛夫。

这次约见地点，侯天喜一反常态地安排在了一家茶馆。

马斯洛夫如约而至，他刚坐下，便迫不及待地冲侯天喜说：侯先生，我要的东西你带来了吗？

侯天喜看了眼马斯洛夫手里沉甸甸的包，他明白，那里面装的就是他想要的黄货。

他起身走到门旁，打开门，探出头又观察了一下，又把门关上，从兜里掏出一张纸条递给马斯洛夫。马斯洛夫接到纸条看了一眼要往怀里揣，侯天喜伸出手制止了他，马斯洛夫不解地望着他。

侯天喜低声说：在这里看，然后烧掉，这对你我都有好处。

马斯洛夫把纸条展开，睁大眼睛盯着纸条，足足有十几秒钟。

侯天喜把纸条拿过来，拿过火柴，把纸条点燃。

侯天喜站起来，提过马斯洛夫放在桌下的包：你慢用，我先走了。

说完头也不回地下楼。

马斯洛夫喝了口茶，站起身，看到地上放包的位置已经空了，他耸耸肩，一脸遗憾的神情，走出包间，向楼下走去。

茶馆的伙计一如既往地热情：慢走，下次再来。

走到街上，夏日的风吹在身上，马斯洛夫有些热，他解开衬衫，向中央大街走去。

突然，一只手搭在他的肩上，他回头。他的身前身后围过四五个穿便衣的人，有一把枪硬硬地顶在了他的腰眼上。

马斯洛夫被几个人簇拥着走去。

警　　局

警察局接到哈尔滨市守备司令部的命令，抽调一半的警力去支援守备区。

李队长带着一队人马前去守备司令部报到。送走警局的人，魏局长背着手在办公室内踱步，冲站在一旁的马天阳说：这些人都是跟了我十几年的兄弟，让他们去当日本人的替死鬼，这要有啥好歹，让我如何向他们的家人交代？

马天阳望着魏局长，安慰道：局长，也许不会有事。

妈了个巴子，日本人都调走去打仗了，就让我的弟兄们去挨枪子儿。魏局长只能长吁短叹了。

马天阳一副爱莫能助的样子。

日本的调防情况已经清晰了，他又一次来到了米店，把这一情况汇报给了小杨。

小杨告诉他：日本人可能会和苏联在蒙古边境一带打一场大仗。

他又想到之前苏联人和日本人在张鼓峰的那场战争，也就是人们口中的日苏战争。那段时间是抗联最为活跃的一段日子，想必这一次，抗联将士也一定会抓住敌人兵力空虚的机会，展开一场游击战。

果然，没多久，李队长就带着警局的人回到了警局。出发时李队长带走了几十号人，回来时，只剩下十几个囫囵的，还有一些弟兄躺在医院里。有十几个兄弟在围剿抗联时阵亡了。

李队长灰头土脸，自己也挂了彩，一只胳膊吊在胸前。他一回到警局，就跪在院子中央，哭天抢地地大喊一声：魏局长，我对不住你呀。

李队长跪下，其他回来的十几个警员也仿佛自己做了错事，垂下头，看着自己的脚面。

魏局长看到眼前的情形，什么都明白了。他踉跄着奔过去，扶起李队长，望着眼前的残兵败将：那些兄弟都扔在那儿了?

李队长望一眼魏局长，突然号啕大哭起来。

魏局长仰起头望着天，转过身去，泪就流了下来。又一次抬起头冲天喊：老天爷呀，你让我咋交代呀。

那天晚上，在警局外的十字路口旁，魏局长带着全体警员，为死去的兄弟们烧纸。这都是魏局长当年一起的兄弟，他们的情谊如亲兄弟一样，活着的人一边烧纸一边喊着死去兄弟的名字。

纸火熊熊，纸灰飞舞。眼前的情景悲戚苍凉，许多百姓站在远处围观，不明真相地交头接耳地议论着什么。

马天阳站在人群中，用树枝翻弄着没烧透的纸钱，在这种氛围下，心里不免悲伤起来。莫名地，他又想到了宋鸽。一想起宋鸽，心情就复杂起来，五味杂陈。他和众人一起，流下了泪水。

这件事情发生后，果然有一群死者家属找到警局，拖儿带女，呼天抢地。魏局长跪下来，冲众人磕了三个头道：我魏老三对不起死去的兄弟，更对不起你们孤儿寡母，以后有我魏老三吃干的，绝不让你们喝稀的。

他招了一下手，有警员过来抱着银圆分发给这些死难兄弟们的家属。这些钱一部分是日本人给的安葬费，大部分都是警员们凑的。

拿到钱的家属抹着泪，喊着死者名字走了，警局院里又恢复了平静。

那些日子，所有警局的人心情都不好，个个哭丧着脸，但还得出去到街上执勤。工作还得做，这是他们的饭碗，一家老小还指望这份工作活呢。

马天阳只好一遍遍劝慰着难过的魏局长。

一天，魏局长把半截烟头摁灭，探过头，一双浑浊的眼睛望着马天阳说：你到底是不是那边的人？

魏局长这么问让他吃了一惊，他望着魏局长，希望能看出魏局长的真实想法，魏局长的脸上却看不出半分其他表情。两年多的时间，他和魏局长朝夕相处，他只能用“好人”这两个字来评价魏局长。但他也明白，自己无论如何不能在第三人面前暴露身份，这是组织纪律，也是为了自己的安全。

犹豫了几秒之后，他坐下来：局长，你怎么会问这个？

魏局长仍是那个动作、那个眼神道：我问你，到底是不是？

马天阳马上说：局长，当初你从宪兵队把我保出来，也冒着掉脑袋的风险。这个情我一辈子也还不上。

魏局长挥下手说：别跟我扯这个，你小子咱们一起搅勺子也两年多了，我对你咋样，你心里清楚。今天这里也没外人，我就问你，你到底是不是共产党？

马天阳笑了一下：不是，魏局长，你也怀疑我？

魏局长把背靠在椅子上：这话可不好说，人不可貌相，当初宋鸽那么文静个女子，她都是共产党。

马天阳低下头：当初日本人也是怀疑这一点，才把我抓去的。魏局长，你想想，如果我是共产党，宋鸽不早把我供出来了？

提到宋鸽，他心疼了一下。

魏局长眯起眼睛，望着天棚：当初你和宋鸽是多么般配的一对呀，我还等着吃你们喜糖呢。

魏局长沉默了一会儿，又说：宋鸽走后，再也没有消息？

他摇了摇头，此时他又想哭。

魏局长叹了口气：多好的孩子呀，就这么走了。

魏局长站起身，背着手在空地上踱步。他望着魏局长晃动的身影，突然感到很亲切很温暖。他突然理解了警局这些弟兄们为什么都那么听魏局长的，都把他当成大哥来看。这份情谊让他们团结得如此紧密。

魏局长又坐到椅子上摆了摆手道：今天这话就当我没说，都是日本人，把一切都搞乱了。没有他们，我那十几个弟兄怎么会白白地死掉。魏局长说到这里，又红了眼圈。

这些日子，马天阳走在街上，总觉得背后有一双眼睛在盯着自己。他回头去看，却什么也没有，街上行走的都是麻木的人。

有了这种感觉之后，他在警局里待不住了，每天都要到街上走一走，不住地回头。有一次，他看到了一个女人的身影一闪而过，这个身影太像宋鸽了。他忙跑过去，望着刚才女人消失的那条胡同，他试探地走进去，胡同里很安静，只有自己的脚步声。

他从胡同穿过，走到了另一条街上，那个女人连个影子也没有了。他觉得自己出现了幻觉。

有许多次出现这种感觉，挥之不去，甚至越来越强烈，在空气里他都嗅到了宋鸽的味道，一缕风似的飘过。

他驻足在街上，满眼的人群，他让自己清醒下来。他摇摇头，驱赶着这种感觉。

马斯洛夫

日本人和苏联军队终于在诺门坎开战了，满大街的各种报纸在头版的位置都登载了这样一条消息：

日苏大战又一次打响。

整个哈尔滨城一片萧条，宪兵队的巡逻摩托车一会儿一趟，全城的警察都出动了，在几个城门口检查着过往的行人。

一天清晨，在哈尔滨南城门口，突然在城门墙上挂出了一具尸体，确切地说是一具苏联人的尸体。尸体在生前显然受过刑，遍身是伤。尸体旁贴了一张纸，纸上用中文和日文写着：苏联间谍马斯洛夫。

好奇的人们越聚越多，挤满了南城门，人们观看着、议论着。

侯天喜在随中村出城检查城内外布防时发现了马斯洛夫的尸体，当时，他坐在车里，围观的人群把出城门的路堵死了，他顺着人们的视线看到了马斯洛夫。没错，就是他见过的马斯洛夫。

他闭上了眼睛，嘴里下意识地说了句：阿弥陀佛。

中村疑惑着回头问了一句：什么？

侯天喜用手指了一下车窗外城门墙上的马斯洛夫的尸体。

中村问：这是什么人？

侯天喜说：这是苏联特务，告示上写着呢。

中村嘀咕一句：又是特高课干的好事。

中村对特高课的人并不感兴趣，甚至是反感。特高课不仅干着间谍的事，甚至把手插到了自己人内部，他们无孔不入，防不胜防。特高课说起来是个组织，但这些人经常化整为零，变换身份，潜入到各个角落，暗杀、搜集情报、整肃内部人员，这是他们主要任务。中村一直小心提防着他们。

中村看到马斯洛夫的尸体，马上断定是特高课的人干的，他对特高课的手法太熟悉了。就是因为特高课加大了对自己内部人员的巡视力度，最近这些日子搞得他惶恐不安，他已经连续两周没去马迭尔看望铃子小姐了。抽口鸦片也害得他东躲西藏，他隐隐地感觉到，自己被特高课的人盯上了。这些日子，他提高了警惕。鸦片抽的次数少了，尽量不去马迭尔和铃子约会。

侯天喜看到马斯洛夫的尸体还是吃了一惊，没想到特高课的人在这个时候动手。在那个叫诺门坎的地方，日本和苏联正打得不可开交，战场虽在千里之外，但隐约似乎也能嗅到战争的灼热气息。到现在仍有日本兵被源源不断地运到前线，看来战斗已经到了紧要关头。

每天回到宪兵队后，大门紧闭，甚至在门口用沙袋垒起了工事，有士兵架着轻重机枪在那里戒备着。

不时地有抗联的消息传过来，这个镇的警察所被抗联端了窝，那个县的满军被消灭……刚开始宪兵队接到这样的求救，还会派出兵前去增援。在一次增援的途中，两卡车的士兵遭到了抗联的伏击，死伤惨重，丢盔卸甲，鼻青脸肿地回来了。回到宪兵队清点人数，居然伤亡三十多人。

以后再接到这种求救电话，中村不再派兵增援。此时，整个哈尔滨城内，唯一完整的力量就是宪兵队了，其他部队只剩下一些留守人员，在军营门前设了沙包作为掩体，给自己壮胆。

抗联队伍四处出击，活跃异常，身居在城内的守军爱莫能助，只能虚张声势。

马斯洛夫被特高课的人处决，这会儿杀一个马斯洛夫只能表明特高课的心虚。

因为马斯洛夫的死，侯天喜又一次来到了马迭尔，诺门坎的战事让他已连续几个星期没有走进马迭尔了。

马迭尔的生意一如平常，见到娜塔莎时，娜塔莎没了往日的热情。娜塔莎用奇怪的眼神望着他，让侯天喜心里有些发毛。侯天喜这次来，知道娜塔莎心情不会好，特意准备了蛋糕和鲜花提在手上。娜塔莎连眼皮都没撩一下。

她说：跟我来。

侯天喜只好随着娜塔莎来到了地下室的宿舍，他一进门，她回身就把门关上，还插上了插销。

娜塔莎回望着他，冷冷地问：谁干的？

马斯洛夫失踪后，娜塔莎曾求助过侯天喜，让他打探马斯洛夫的消息。毕竟马斯洛夫的失踪是在与侯天喜见面后不久发生的。

当时侯天喜赌咒发誓地说：不是日本人干的，最近宪兵队根本没有抓人。

在大街上人就神秘地失踪了，他让她找找社会上的人再打探一下消息。

娜塔莎认识许多社会上的人，娜塔莎没了下文，他一直没找到理由联系她，他想变被动为主动。

直到马斯洛夫的尸体被挂上城门楼，才证明是日本人干的。

娜塔莎开门见山地说：你不是说不是日本人干的吗？

侯天喜一脸委屈：我也不知道，中村说是特高课的人干的。

娜塔莎：我这个朋友，每次来哈尔滨，从来不见陌生人，怎么见了你两次，他就被日本人给杀了？

侯天喜坐在门口的椅子上，搓着手辩白着：真的不是我干的，我怎么有那么大本事，我就是宪兵队的翻译官，我真的不知道。

娜塔莎审视着侯天喜。

侯天喜搓着手：你想想，杀他等于断了我的财路，我不可能干伤害自己的事。

娜塔莎望着侯天喜，似要把他看透。

马斯洛夫死了，侯天喜并不能还一个马斯洛夫给娜塔莎。

娜塔莎的无助尽显无遗，她一边流着泪一边说：他就是个商人，招谁惹谁了？怎么就会被日本人杀害了？

侯天喜只能无助地望着娜塔莎。

失　　踪

铃子失踪了。

中村让侯天喜给铃子送几件御寒的衣物，秋天了，几次秋雨之后，东北的气温就下降了不少。

日本人和苏联人仍在诺门坎胶着地战斗着，不断地有伤兵运回来。日本人的医院人满为患，就是教会医院、市立医院也住满了日本伤兵。有日本伤兵的地方，就有日本宪兵站岗执勤。中村已经连续十多天没有见到铃子了。

侯天喜来到马迭尔铃子住的房间时，门是虚掩着的，侯天喜敲了几下房门，里面没有应答。他推开门，见屋里并没有铃子，便坐下等，并打量着这个房间。这是个套间，和其他马迭尔的房间并没有两样。里间是一张床，床旁立着一台电扇，外间是沙发茶几，靠墙一排柜子，挂满了铃子花花绿绿的衣服，有一股女人的味道四面八方地包围了侯天喜。

他坐在沙发上嗅着铃子的气味，等着铃子。他甚至在沙发上打了个盹儿，仍没见铃子回来。他把衣物放到沙发上，下楼去找铃子。以前他也来替中村给铃子送过东西，大多数时候，铃子都在，偶尔会下楼去买些东西，也是快去快回。

侯天喜把楼下找遍了，却不见铃子的影子，他又回到楼上铃子的房间，房间仍然是原来的样子。他慌张地回到宪兵队，向中村报告说：铃子不在。

中村望着他，一脸的不可思议。

中村坐上车，要亲自去一趟马迭尔。以前每次去马迭尔，中村都要换上便装，做出一副外出散步的样子。这次，中村连衣服都没来得及换，直接去了马迭尔。

侯天喜站在宪兵队的门前，背着手等着中村。过了一会儿，又过了一会儿，中村的吉普车气急败坏地驶进宪兵队大门。侯天喜跑了几步，替中村拉开车门，中村铁青着脸冲侯天喜道：你跟我来。

侯天喜和中村进到办公室，中村冲侯天喜道：铃子失踪了，这是谁干的？

中村断定铃子被人绑架了，侯天喜脑子里突然冒出马斯洛夫挂在城头的尸体，他马上想到娜塔莎那群人。他虽然这么想，嘴上并没有这么说，他说：太君，是不是铃子在外面迷路了，也许过一会儿就回来了。

中村咆哮一句：不可能，铃子从来没离开过这么久，一定是遭人绑架了。

侯天喜第一次见中村这个样子，他忙低下头，不敢接茬。他意识到铃子失踪将是个非常棘手的难题。

该来的还是来了，果然中村命令道：你去摸清绑架铃子的是什么人。

说完这话，中村似乎反应过来，语气软和了一些道：侯君，拜托了，铃子对我很重要。还冲侯天喜鞠了一躬。

侯天喜见中村恢复了常态，才说：中村太君，要是铃子真被绑架了，跑不出这三种人——苏联的克格勃，中国的地下党，哈尔滨的黑社会。

中村盯着侯天喜，期待着他的下文。

侯天喜咂着嘴道：要是黑社会倒是好说，无非是为了钱财；要是共产党的地下党和克格勃干的，这件事就不好办了。

中村跌坐在椅子上，有气无力地说：不论什么人，我都要找到铃子，不惜一切代价。

自从马斯洛夫出事之后，娜塔莎对侯天喜突然冷淡了起来，不仅冷淡，望着他的目光也异样起来，以前那个温柔的娜塔莎不见了。

受中村的委托，侯天喜还是硬着头皮出现在娜塔莎面前。娜塔莎就像没看见他一样，忙着自己手里的事。

侯天喜：我找你有事，有急事。

娜塔莎直起身看着他。

他说：咱们去咖啡厅说话吧。

娜塔莎不冷不热地说：有什么话，你就在这里说吧。

侯天喜无奈地坐在娜塔莎地下室宿舍里的一把椅子上道：铃

子失踪了。

娜塔莎无动于衷地望着他，似乎没听明白他的话。

他又说：住在二楼的铃子，那个日本女人，她失踪了，你知道是谁干的吗？

娜塔莎背过身去，又忙着叠衣服，嘴里道：我不明白你说的是什么，你说的日本女人，我不认识。

侯天喜望着娜塔莎的背影，叹口气，心想：也许她真不知道。

侯天喜站起身道：那你帮我打听打听，你认识的人多。

侯天喜说完讪讪地就要出去，娜塔莎此时转过身来：就让我这样给你打听？

侯天喜反应过来：当然不会白打听，一定会有酬劳。

多少？娜塔莎一副讨价还价的样子。

侯天喜一时没了主张，他马上赔着笑道：我是受朋友之托，我得回去问问朋友。

娜塔莎举起双手连翻了三次道：没有这些，我不会帮忙打听的。

侯天喜走出马迭尔，他突然意识到，娜塔莎在报复自己。以前他一直和她做生意，这次他就收了二十根金条，才给了娜塔莎日本人调防的情报。关于调防情报，他是蒙的，别说他掌握不了具体情况，就连中村都不知道，他只是依据自己的理解，算出了大概的兵力情况，糊弄了马斯洛夫和娜塔莎。当然，现在马斯洛夫已经不在了，娜塔莎这是要替朋友出气了。

他为中村服务，每次帮中村去买鸦片，大部分都是求的娜塔莎。娜塔莎身在马迭尔的歌舞厅，不仅结识了哈尔滨的一些达官贵人，也认识了三教九流。每次向她打听一些事，没有她不知道的。即便她真不知道，也会通过各种关系问出个子丑寅卯来。

他除了找娜塔莎为中村购买鸦片，还找过社会上的小六子。小六子就是中央大街上的小混混，有一次，小六子被警察局逮住了，遭受皮肉之苦，是他说情，让警察局放了小六子。从那以后，他和小六子算是有了交情。小六子不仅帮他买过鸦片，还打探过一些事，每次小六子都任劳任怨的样子。

既然娜塔莎不再和他有瓜葛，他只能去找中央大街的小六子。

他去找小六子，小六子平时大部分时间都在街边一个下残棋的老头那里。那是一个看不出实际年龄的老头，摆副残棋，残棋旁放了一个烟熏火燎的铁盒，铁盒里扔着一些零钱。残棋并不固定，今天这样，明天那样。攻擂者自选红黑一方，输赢全看攻擂者押的赌注。每天那里都围了许多人看热闹，小六子也经常出现在那里。

果然，小六子就在那里，他袖着手缩着脖子，很认真地看下棋。他走过去，拍了一下小六子的肩膀，小六子回头见是他，忙上前一脸热情地说：哥，你咋来了？小六子对谁都称兄道弟。

他把小六子拉到一边，把铃子失踪的事说了，但没说是日本人，只说是马迭尔一个住店的女人。

小六子眼睛立马亮了：哥，你瞧好吧，不出三天，我准打听到，只要是这一带人干的。

他点点头道：事成之后，不会让你白干的。

小六子：这点小事不算啥，为哥干事应该的。

侯天喜是傍晚时分见到的马天阳，他把马天阳约在一家中国人开的饭店里，雅间不大，但足够两个人相对而坐了。

自从宋鸽消失以后，马天阳和侯天喜的联系明显减少了。马天阳心事重重的样子，侯天喜每次见到马天阳依旧热情活跃。侯天喜问：宋鸽没有消息？

马天阳不想多说什么，只是摇摇头。

侯天喜：看来你真放不下宋鸽，要是我，早就找她去了，哪怕天涯海角。

马天阳只能苦笑一下，他对侯天喜早就开始反感了，为什么反感，他也说不出来。今天侯天喜把他约出来绝不会是为了谈宋鸽，更不是为了同情他，一定有事要找他。

侯天喜又说：现在全国都是兵荒马乱的，只有这里还算是安全的，宋鸽一定没离开东北，只要你有心，就一定能够找到她。

他不想再听侯天喜说下去了，单刀直入地说：侯天喜，你今天找我到底有什么事？

侯天喜见菜已经上来，忙说：吃菜。

两人各怀心事，沉默着吃了一会儿。侯天喜终于忍不住说：听娜塔莎说，马迭尔饭店一个女住客莫名其妙地失踪了。

说完他审视地望着马天阳。马天阳放下筷子：我们警局没接到报案呢，怎么，你想让警局出警帮忙寻找？

侯天喜忙摆手道：没有，说哪儿去了，我又不认识失踪的那个女人，我就是听娜塔莎那么一说。

马天阳埋下头吃饭。侯天喜对马天阳的试探并没起到什么效果，又进一步道：听说她的家人悬赏，要是有线索就肯出五两黄金。

侯天喜说完用眼角余光对马天阳察言观色。

马天阳头仍不抬，说：这个人家看来也够有钱的，有警不报，自己搞起悬赏来了。

侯天喜见马天阳真不知道的样子，遂换了话题，又聊起同学以及东拉西扯的一些闲话。两人很快就散了。

在饭店门口，侯天喜拍着马天阳的肩膀道：天阳，在哈尔滨就咱们两个同学，一定要相互帮忙啊。

两人就此分手，各走各的路了。

两天后，小六子愁眉苦脸地找到侯天喜：哥，这一片我打听了，没有你说的那个女人。这些人绑架人都是为了钱，这么长时间都没动静，那就肯定没有了。

在小六子身上，他本来也没有抱多大希望，只是让他的消息再一次肯定自己的直觉。铃子失踪，他的第一感觉就是苏联人干的，他们是在为马斯洛夫报仇。

他又来见中村。中村正在办公室里听唱片，唱片里正播放一首日本人的歌《红蜻蜓》，一个女人舒缓动情地唱着。

中村似乎耗尽了力气，仰靠在躺椅上，眼角流下两滴泪，他没去擦。

侯天喜站在中村的面前，中村睁开眼睛，伸手关了留声机，歌声戛然而止。

侯天喜摇了摇头，低下声音道：能打听的，我都问了，肯定不是中国人干的。

中村坐直身子：你是说苏联人？

侯天喜压低声音：他们是在为马斯洛夫报仇。

中村捏着自己的手指，骨节清脆地响着。他站了起来，快速地在屋里踱着步。侯天喜的视线被中村牵拉着，一会儿远一会儿近。

中村坐在办公桌前：卑鄙，战场上是军人的较量，为何拿一个女人出气，我要把他们统统杀光。

侯天喜把目光定在中村脸上道：中村太君，咱们不能杀人，铃子还在他们手上，咱们要是动手了，也许永远也不会见到铃子了。

中村听了侯天喜的话，渐渐平静下来：你去找那些苏联人谈判，他们要干什么？

侯天喜想到娜塔莎对自己不冷不热的样子，马斯洛夫出事之后，娜塔莎便不再相信自己了，但他还是答应了中村。

中村又说：侯君，铃子的事不要声张，但要快点找到她，拜托了。

侯天喜知道，铃子是中村的秘密。

道姑庵

长春北郊的山上，有一座道姑庵，庵里来了一个新道姑，法号清平。

在众多道姑中，清平显得有些与众不同。她郁郁寡欢，平时很少说话，大多时候，她都在读道家的书，然后站在寺院的角落里，目光越过庵的围墙，眺望着远方。

没有人知道她来自哪里，也没有人知道她的身世。前一阵子她来到庵里，转了一圈，然后就跪在庵的院内。她只有一句话：请收留我。道姑们新奇地把她围在中间，问她从哪里来，为什么要出家。她一边摇头一边流泪。

她不吃不喝，一连跪了三天，最后庵里还是收了她，取法号清平。

道姑庵是清静之地，多一位道姑，少一位道姑，日子并没什么变化。日出日落，香烟缭绕，凡是有香客上山，清平总会躲在庵后，清扫院子，要么去厨房忙碌，她从不与香客照面。

时间久了，道姑们就了解了清平的喜好，看书，静思默想，不见香客。这是清平的常态。

年长一些的女道士叫紫荆，她是个口快心热之人，她对清平充满了好奇，没事就过来缠着清平，说上几句闲话。

她说：妹子，来这里的人肚子里都一堆故事，你为啥来这里呢？

清平不说话，冲紫荆笑一笑。

紫荆又说：我是这里的大姐，来得早，有为难之处跟大姐说。

清平眼圈红了，叫了一声：紫荆大姐。

紫荆大姐就又说：不愿说你就不说，反正别憋在肚子里憋出毛病就行。

清平擦了下湿润的眼睛，小声地说：谢谢大姐。

紫荆坐下来，叹口气：我来这儿呀，就因为我家那口子吃喝嫖赌啥都干，把房子输了，最后把我也输了，人家套着马车来接人我才明白过来。这哪行啊，我就和人家干了起来。我跑出来，无路可去，就来到庵里，做了一名道姑。

清平听了紫荆大姐的遭遇，垂下头，红了眼圈，她哽咽地说：可怜的大姐。

她握住了紫荆的手，紫荆发现她的手又瘦又凉，遂把她的手握在怀里：可怜见的，手这么冷，你这是身子寒呢。

清平突然嘤嘤哭泣起来。

紫荆就握紧了清平的手：妹子，别把愁苦憋在心里，伤了身子可不值。

清平仍旧哭泣着。

紫荆又说：凡事想开点，咱是出家人了，先要看破红尘，我的两个孩子还丢在山下，我不也一天天这么过吗？

紫荆说到这儿，伤心起来，也开始流泪。

过了许久，紫荆抹了泪：哭一哭也好，就当喊叫一回了。

清平也收了哭，再叫一声：大姐，你人真好，谢谢你。

紫荆道：你是读书人，见识比我多，有些话，我不说，你也明白。唉，凡是到这儿来的人，都是苦命人呢。不说了，再说又哭了。

紫荆立起身，拍拍屁股，拿起扫把扫起了院子。

人们渐渐发现，清平人怪，还神秘得很，经常会消失，过上十天半月的又回来了。她第一次消失时，她的道袍整齐地叠放在床上，人们就猜测，清平受不了这儿的清冷，一定是离开这里还俗了。有人就说要把清平的道袍收了，床铺也拆了。

住持摇着头道：清平不是那种不辞而别的人，她一定会回来的，许是下山处理凡尘琐事去了。

住持说话了，没有人再乱语了。

紫荆把清平的床擦了，又拿块布把衣服遮上了。

果然，几日之后，清平又回来了。她风尘仆仆的样子，脸上看不见一丝的变化。她拿出从山下买的小物件分送给大家，一个顶针，一方手帕，一颗糖果。

众人七嘴八舌地打问清平去往何处，清平不说话，只是抿着嘴冲众人微笑。

众人见清平这样，就不问了。

从那以后，隔上一阵子，清平总会消失几天，有时七天八天，有时十天半月。清平走或来似乎成了庵里生活的一部分，没人再大惊小怪了。

渐渐地，清平开口说话了，每次回来她开始说山外的见闻，哪里又驻扎了日本人的队伍，哪里抗联又和日本人打了一仗。

关于抗联，道姑庵里的人们听说过，就在山里有一支专门和日本人打仗的队伍，叫东北抗日联军，不过她们一次也没见过。

日本人没来时，这里的香火很旺，每逢初一十五，香客总是络绎不绝。那会儿她们的日子很好过。有香火钱，也有些供品，这些都足够她们生活了。自从来了日本人，庵里的香火一年不如一年，有时一个月过去了，也没见几拨人进庵，香火日渐稀疏，日子也开始难熬了起来。

她们希望抗联的队伍早日把日本人赶走，让日子回到从前。

清平神秘出走又带回来消息，自然引起人们的好奇。于是，众人又开始打问，清平依旧什么也不说，望着远方的目光却忧郁起来。

一天傍晚，清平在庵门前独坐，她的眼前是一条下山的路，曲了几曲，折了几折，通往山下。清平的目光就追随着这条曲曲折折的下山路。紫荆大姐走过来坐在清平的身旁。她说：妹子，看来你的红尘并没有了断呢。

清平的目光闪了闪，并没有答话。

紫荆又说：大姐没啥文化，可大姐是过来人，你看大姐说得对不对？

清平抿嘴望着紫荆。

紫荆就道：你是被情所困呢，你每次下山就是去看他？

清平望着远处，没说是也没说不是，只是长叹一口气。

紫荆：世上最难断的就是个“情”字了。妹子，你在这儿躲几天清静大姐不反对，等时机成熟了你就下山吧，为情苦哇。

清平听了紫荆的话，开始流泪。

紫荆把一只手搭在清平的肩上：大姐何尝不想下山呢，那个死鬼就不提了，姐还有两个孩子，也不知他们现在怎么样了。

思凡的气氛浓浓地扩散开来。

太阳在西边跳了一下，沉到山下。世界朦胧起来。

两人坐在庵前的台阶上，一起向远处眺望着。

孤　独

马天阳隔三岔五地就会觉得有人跟踪他，确切地说，是有一道跟踪他的目光。有几次，他觉得跟踪他的人就在他身后不远处，可回头却什么也没发现。中央大街一带，总是人流众多，在一条胡同里，他几次隐身，似乎都听见了脚步声，但却不见人影。

他站在清冷的胡同里，似乎嗅到了跟踪他的那个人的气味，没错，就是宋鸽。他对她的气味太熟悉了。确定是宋鸽的那一刻，他绷紧的神经突然放松下来。他疯了似的游走在大街小巷，希望和宋鸽不期而遇，哪怕远远地看上一眼。结果却一次又一次地让他失望。

他确定是她，却见不到她，他怀疑是错觉。这种错觉隔一阵子就出现一次。他为了了却自己的心愿，以警局翻译官的身份，出现在道里所有的大小宾馆和旅社，查看住宿人员登记，他多么希望在这群人的登记中，找到宋鸽的痕迹呀。可一次次让他空手而归，他落寞又沮丧。

他又来到他和宋鸽经常光顾的地方，物依旧，人已非。

那张排椅依然摆放在那里，却和他没有任何关系了。他孤独地坐在椅子上，江水依旧，他手又下意识地去触碰椅腿，那里早已空空如也。他最后把一封写给宋鸽的信又放在椅子腿下，像当年他们交换情报时一样。

他在信中写道：

你走了，我知道你还在，不知道你现在的日子过得好不好。你留下的信我见到了，你只给我留下了回忆，回忆我们在一起的日子。我每天都在回忆，仿佛你就在我身边，不曾远离。无论你现在在哪里，都希望你平安如意。

我知道你就在我身边，我为什么看不见你？我知道你不想见我，我却担心你。若你真在，就告诉我一个你的地址，让我去看你吧……

这封信没有称谓，没有落款，像以前的情报信件一样。

那封信被他叠成一小块，压在椅子腿下，就像她留给他那封信一样。

过了几日，他又走到江边，来到那个排椅处，见四周无人，他装作整理鞋带，手伸到椅子底下，去摸那封信，信却还在。他靠在椅子上，心从高处跌到低谷似的失落着。他意识到，以前的感觉就是错觉。她压根儿就没有出现过，只是自己自作多情。他忧伤着，独自走回去。这次他没有再回头。

可他仍然忍不住对她的思念，他回忆他们幸福的时光，惦念她此时此刻的生活。

在这期间，日本士兵陆续从诺门坎撤回来，破烂的日本军旗在车上飘扬着，士兵的士气低落。报纸上说：大日本皇军从诺门坎和平退出，诺门坎战争结束了。日本的军营却很压抑，从日本运来一批援兵，又从旅顺口登陆了，分散着增兵到东北各地，渐渐地，日本军营又有了生气。仅哈尔滨的警备区，就补充了三千多日本士兵。马天阳把这一情报传递给了小杨。

日子又似回到了从前，有了兵的日本人，不再风声鹤唳了，表面上对哈尔滨的控制没有以前那么严了，警局出勤的次数少了，街上宪兵的身影也和非常时期相比少了许多。

马天阳又一次走到江边，依然是那张排椅，他迫不及待地去寻找排椅下留的信，那里空了，什么也没有了，他的心狂跳起来。他站起身来，望向周围，远远近近的一些打鱼的人在收拾渔网，人们都很忙碌的样子，对他似乎并没有留意。他断定，这封信一定是宋鸽取走了。

他快步地往回走去，怀揣着初恋时的兴奋。这一刻，他坚信以前的一切不是错觉，宋鸽就在他的身边。他甚至哼起了小调。

日本人突然宣布一纸命令，调魏老三出任哈尔滨市公安局局长。魏局长要告别道里区，去南岗赴任市局局长。

日本人提拔魏局长的理由是：协助皇军有功。

魏局长召集了警局的人告别，这些人都是跟随魏局长多年的兄弟，听说魏局长高升，又激动又难过。

魏局长也是一副难舍难分的样子。他的目光从头到尾在队伍中扫过，每寸目光都留在了昔日兄弟们的脸上，然后说一句：你们都是我魏老三的兄弟，我没走多远，就在南岗，想我了，就过去看看。

魏局长招了下手，接他的车就开了过来，他带着马天阳和小张直奔南岗市局而去。

马天阳是他的副官兼翻译官，跟他走合情合理；小张也随他而来，所以在马天阳眼里，小张是魏局长身边很重要的一个人。

市警察局和区警察局相比，明显地阔绰多了。市警局是个机关，手里并没多少兵，除了秘书、警卫、警务员，还有的就是七长八短的副局长们。

这些局座，以前都是魏局长的上级，大都熟悉。如今魏局长成了他们的顶头上司，初来乍到，大家都轮流着想请魏局长吃饭。

魏局长一个也没受请，而是把大家召集在一起开了个会。魏局长在会上说：我魏老三初来乍到，望各位同心同德帮我把工作干好，虚头巴脑的就不用了，别在暗地里给我使绊子就行。

说得众人一愣一愣的。在以后的日子里，人们经常交头接耳地议论魏老三。

魏局长升任市局局长，最大的变化是小张变成了他的公务员。有了小张照料魏局长，马天阳就轻松许多。

马天阳来到南岗之后，还忍不住往江边跑，迫不及待的样子。一来到江边，他就坐在排椅上，伸手下意识地去摸下面。那里是空的，宋鸽并没有给他留下信息。

他又给她写了封信，把自己随魏局长调动，以及对她的思念写到了信里。

信又放在椅子腿下，似放飞了一只风筝，风筝飞到多高，并不由他决定，他只是个被动的放风筝的人。

不管她回不回音信，他都定期不定期地把信放到排椅下面，然后是等待。过一阵子，他就再去，信不在了，他就会把新写的信放到椅子下面，然后又是等待。在等待的日子里，他心里充满了希望。

又是一个秋天，满大街的树叶开始泛黄了，天也一天冷似一天，他又穿起了大衣，踩着落叶发出沙沙的响声。

他站在江边，望着瘦下来的江水，还有一群南飞的大雁鸣叫着在头顶上飞过。他仰起头望着雁阵向南飞去，心想：待明年春暖花开，雁阵又会回来了。他看到一只孤雁在雁阵外飞翔，又一次想到了宋鸽，他觉得宋鸽就是那只孤雁，哀鸣着飞去。

他向排椅走去，坐在排椅上，他并没有马上去查看排椅下面。许久之后，他又装作整理鞋带，去碰触椅子腿，那里有一封信，是她留下的。一张小小的纸片，只写了几个字：我一切都好，勿念，只要你在，我就会来。

熟悉的笔迹，熟悉的气息，短短的一句话，一刹那，让他湿润了眼睛。

人　质

铃子的失踪，让中村如坐针毡。铃子千里迢迢冒着风险来到异域，就是因为对中村的感情。中村感到沉重又幸福。在这之前，他做梦也没有想到，铃子会到中国来找他，把他当成了全部。

铃子的到来，改变了中村的生活。当年为了止痛，他沾上了鸦片的瘾，自从有了铃子，他开始戒食鸦片。以前每天吸食两次，现在改成一天一次，后来又变成两天一次，最后三天、四天一次。起初戒鸦片的滋味并不好受，抓心挠肝地难受，每次难受他都会躲到马迭尔铃子的房间内，让铃子给他讲故事。他伏在铃子的腿上，望着铃子的脸，铃子生着一张姣好的脸，对他充满了柔情蜜意。铃子讲会儿故事，也给他唱歌，唱的就是那首《红蜻蜓》。他一听到歌声，就想到了家乡、小镇、雪山和从山下淌过的溪水。他似乎在铃子怀里做了一个梦。他睁开眼睛，望见了眼前的铃子，他的梦醒了，一切都真实起来，信念一点点地坚强起来。

为了爱，他几乎戒掉了鸦片，铃子是他的念想，是他在异国他乡的家人。他也想过，战争结束后，他带着铃子回国，该如何面对家乡的老婆孩子。他不敢想，也不愿意想，他只想好好地对待铃子。就凭铃子孤身一人远赴异国他乡来寻找他，他就为铃子的举动而感动。

他曾和铃子探讨未来，也试图把铃子送回国内，但被铃子拒绝了。她说，她要跟着他，给他爱，给他照顾，尽一位爱他的女人的义务。如果有一天回国，她会默默地躲开，让他回家。她让他答应她，只要不忘记她就好。面对无条件无私爱着他的女人，他竟无言以对了。为了铃子为了爱，他要戒掉鸦片。

铃子说，她要学习中文，为了减少他的负担。

果然铃子开始走出马迭尔的房间，走到街上，她去学习中文。她不敢开口，怕人认出她是日本女人。但她是个有心人，把在外面学来的中文都记在脑子里，他过来看她时，她学给他听。

中村来到中国许久了，部队先是驻扎在旅顺，九一八事变之后，他才随部队迁到了哈尔滨。中村会说一些中文，他也教铃子说中文。渐渐地，铃子已经会说一些中文了。

铃子出门买东西问路已经完全没有问题了。渐渐地，中村对铃子比较放心了，能够走出房间的铃子，性格又变得活泼起来，人就显得有了生气。他过来看她时，她就给他讲外面看到的新鲜事。

有时铃子会问他：我看到的中国人，都是一些好人。他们生活得好好的，我们日本人为什么要来打扰他们的生活？

这也是中村思考的问题，他无法回答铃子的问题，只能摇头叹息。

铃子就懂事地不再问了，但对他说：请不要伤害中国百姓。

他面对铃子的请求，点了点头道：我答应你。

宪兵维护的是社会治安，虽然不上战场，但日常的琐事让宪兵和百姓有了更多打交道的机会。

在一段时间里，因为有铃子的存在，他的生活也算有盼头，暂时忘记了家里的人。在没有任务的日子里，他每天都能和铃子见面。规律的生活，让中村感觉到了温暖和幸福。

中村做梦也没想到，铃子会遭人绑架。铃子失踪后，中村用尽了所有办法，几乎掘地三尺了，仍没发现铃子的下落。

侯天喜一开始就怀疑是马迭尔的苏联人干的，起初中村并不相信，但是按照自己的思路，并没有找到铃子，中村不得不相信侯天喜的话了。

张鼓峰、诺门坎两次战役，日本军队都以失败告终，中村虽然没亲身参加这两次战斗，但他知道苏联人不好惹。随着两次战役日本人接连失利，驻扎在“满洲国”的苏联人的地位开始凸显出来。

日本人来东北前，俄罗斯人遍布东三省。他们把东北称为远东，把远东当成了自己最重要的贸易伙伴，修铁路，建煤矿，甚至建了许多俄罗斯风格的建筑。那会儿，俄罗斯人把中国的东北当成了自己的后花园。

后来日本人来了，九一八事变之后，把东北变成了“满洲国”。俄罗斯人——这时已经是苏联人了——的活动范围受到了限制。苏联政府发动了张鼓峰和诺门坎两次战役。表面上是日本人战败了，但并没有撼动日本人在东北的地位，只能说是僵持。但身在远东的苏联人也没把日本人放在眼里，大有和日本人平起平坐的架势。

中村开始后悔当初把铃子安置在马迭尔的决定了。那会儿，他觉得在哈尔滨马迭尔饭店是最安全的地方，没想到却让铃子跳进了狼窝。现在的铃子生死不知，他怀疑是苏联人干的，却没有任何证据。

哈尔滨的太平区进驻了一支日本的神秘部队，不多久，建起了一栋栋像厂房一样的建筑，修起了院墙，院墙外还拉上了铁丝网，经常有遮着蒙布的军车神秘地进出此地。有几道门岗，都是日本士兵把守，只有怀揣特别通行证的日本军人才可以出入。

一时间，这支神秘的日本部队让人们浮想联翩。

侯天喜又奉中村之命出现在了马迭尔，这一阵子，他来马迭尔的次数明显不如以前了。自从马斯洛夫出事之后，娜塔莎明显地疏远了他，以前的亲昵随意再也不见了，有的只是冷冰冰。他来过几次，娜塔莎都是爱搭不理的样子，有几次，他在自己包的房间过夜，娜塔莎也不再找他，让他空等了几个晚上。从那以后，他很少再来马迭尔了。他不想受冷落，更不想自讨没趣。

接近这些苏联人是中村授意的，中村向侯天喜交代，为了找到铃子，不惜一切代价。

侯天喜硬着头皮出现在马迭尔的歌舞厅里，他坐在一个角落里，看着灯红酒绿热闹的场面，仿佛自己成了局外人。

娜塔莎依旧是这里最红的歌女，她唱了一首俄罗斯民歌，又跳了一支舞，便向侯天喜走来。这大出侯天喜的意外，他有些受宠若惊地站起身，迎接着娜塔莎向自己走来。

娜塔莎拉着侯天喜坐在那个角落里。

娜塔莎望着侯天喜，侯天喜一脸讨好地笑，把脸上的肉堆在中间。

娜塔莎附在他耳边说：我知道你为什么来这里。

侯天喜诧异地望着娜塔莎。

娜塔莎站起身：跟我来。

说完她向外走去。

侯天喜不明白她是何用意，但还是跟了出去。

他们来到了酒吧，这里和歌舞厅相比，安静了许多，只有几桌客人，大都是苏联人。

娜塔莎和侯天喜来到一个僻静的地方坐下，娜塔莎说：你是为那个日本女人才来的。

侯天喜的眼皮跳了跳，他终于验证了自己的判断，果然，铃子在苏联人手里。不等他说话，她又说：有人知道那个日本女人的下落，他让我捎个话，放人可以，但得答应一个条件。

侯天喜的心都快跳到喉咙口了，他变音变调地问：什么条件？

被　　捕

米店的小杨突然找到马天阳，告诉他，哈尔滨地下党林书记被捕，上级命令暂时脱线。脱线就是脱离联系。

以前宋鸽被捕时，他就曾被迫脱线。

小杨下达完命令，伸出手和他紧握了一下，他发现小杨的手冰冷。小杨低声说了句：保重。转身消失在人流里。

他突然感到异常孤独，以前宋鸽是他的上线，无论干什么事，他心里都是有依靠的，因为他的背后是组织，组织就是家。无论遇到什么事，只要一想到组织，他心里就是踏实的。小杨走了，他又一次失去了和组织的联系，仿佛游子找不到回家的路了。莫名的孤独感袭上了他的心头。

脱线是为了安全，在这个组织中，他只知道小杨，小杨上面还有区委书记，区委书记的上级是市委书记。既然林书记被捕了，区委书记也不安全了，然后就是小杨。

他站在街角，试图看一眼小杨远去的背影，小杨早已消失了。人群依旧在涌动着，不知人们在忙些什么。

他走回警局的时候，看见魏局长正在集合队伍，几辆警车停在警局院子里，魏局长正组织警员登车。

小张看见了他，冲他招手。

他走过去，小声地问：局长，出什么事了，出动这些警力？

魏局长附在他耳边小声地说：日本警备司令部打来电话，说他们抓到了一个共产党大人物，让咱们去接人。

警员们已经登上了警车，荷枪实弹的样子。魏局长坐到自己的车里，他上前一步：局长，用我去吗？

魏局长犹豫一下：你看家吧，没有翻译，他们还少些啰唆。

小张上了车，冲他笑了笑。

魏局长带上门，车队就一溜烟地开出了警局院子。

马天阳想到了小杨刚才下达的命令，想必这个共产党的大人物就是哈尔滨地下市委的林书记了。他的心开始怦怦地跳了起来。他走进局长办公室，一时不知如何是好，不停地在屋里走动着。虽然有了新消息，却传达不出去，小杨是他的上线，但是脱线了，他知道找不到小杨了。消息传递不出去，他只能团团转，着急却没有办法。

市局关押室比道里区的关押室要大了许多，各种行刑的设备也很齐全。林书记穿灰色中山装，戴着黑框眼镜，他的样子像政府文员。马天阳被调给守备区的日军审问军官当翻译，日本人不停地问着林书记的简历。刚开始林书记还很配合，有问有答：

问：姓名？

答：林平。

问：年龄？

答：四十五岁。

问：职业？

答：太平区土地管理所所长。

问：何时加入的共产党？

沉默。叫林平的中年男人心平气和的样子。

问：你收集太平区驻军的情报有何用意？

林书记抬起头，温和地望着审问他的日军少佐，似乎不明白少佐为什么要这么问，许久他答：我是土地管理所所长，组织人丈量土地是我的任务。

日本人审问林平的进展就卡壳了，林平压根儿不承认自己是共产党。

马天阳在事后了解到，林平深入到了太平区日军特殊部队的营地中，绘制了日军的驻防图。戒备森严的日军驻地，没有人知道他是通过什么方法潜进去的。马天阳后来还听说，那支日本人的神秘队伍代号731，是负责医学细菌研制的部队。

林平在撤走时，被日本警卫士兵发现了，交到警备区。警备区不是关人的地方，就移交到了警察局。

特高课的人很快送来情报，林平是共产党的一个大人物，命令警局不惜一切代价，要审出共产党的秘密。

林平一问三不知，不仅日本人问不出什么，魏局长也亲自审了两回，差点让林平绕到里面去。

魏局长坐到林平对面，安排人给林平搬来一把椅子，日本人指示，对待中共高级干部靠动刑是没用的，这些人意志坚定，用刑审问只能适得其反。于是每次审问林平时，都采取怀柔的策略，给林平一定的尊重。

魏局长心平气和的样子：林所长，你还是说吧，人到了这儿，你身不由己。

林平认真地看了眼魏局长：魏局长，我知道你，你也是个苦出身，闯关东来到哈尔滨，从民国到现在，你一直当警察，为啥？还不是为混口饭吃。

魏局长被林平噎住了，不解地望着林平。

林平：我也是为了养家糊口，当了土地所所长。咱们都是中国人，在中国自家的土地上丈量土地，有什么错吗？

魏局长马上摆手道：咱先不说这些，说说你在共产党里的工作。

林平：我现在只服务于满洲国哈尔滨太平区土地管理所，我无党无派。满洲国是日本人叫的，老百姓没人承认，要说我为谁服务，咱们都在给日本人服务，要有错也不是我的错。

魏局长无论如何无法再审林平了，他从关押室出来，马天阳随在他的身后。这是马天阳第一次见到自己的领导，一切行动命令都是林平书记发布的，他被捕了，但他临危不惧的精神还是感染了他。他觉得有股力量从自己的后背蹿上来，在全身弥漫，他挺直自己的腰杆，仿佛敌人审问的不是林书记，而是他自己。

魏局长坐在椅子上，垂头丧气的样子，他有气无力地冲马天阳说：看来日本人又要竹篮打水了。

交　换

娜塔莎向中村提出的条件是：用日本人驻太平区的秘密交换铃子。更深层次的秘密是：有几个苏联人，先后在太平区失踪，他们怀疑是被神秘的日本驻军俘获了。失踪的这些苏联人，都是做小生意的，苏联人接二连三地失踪，只能怀疑是被日军的神秘驻军掳走，但并没有直接证据。接连有苏联居民把这一情况报告给了苏联驻哈尔滨的领事馆。因为没有证据，领事馆无法向日本人要人。

这支神秘的部队大门紧闭，偶有车辆进出，且戒备森严。外人想了解这支神秘的队伍并不是件容易的事。

当侯天喜把这一条件转告给中村时，中村盯了侯天喜好久，他的脸色由白转黄，后来坐到椅子上，挥了挥手道：你先出去，让我想想。

侯天喜把中村办公室的门带上，他并没走多远，站在中村门口不远处，望着这扇门，他不知道中村将做何打算。关于驻扎在太平区的日本部队，他有所耳闻，是日本最近从本土调来的一批军人，隶属关东军司令部。这批军人大都是从事医学研究的人员，究竟研究的是什么，他并不清楚。看中村的样子，想必他是清楚的。看来，这的确是日军的秘密。

他站在中村的门前，似乎站了许久，脚有些麻了，他跺跺脚，抖了抖身上的雪花。不知什么时候，天上飘下了小雪。

“吱呀”一声，中村的门开了，中村站在门口，冲他招了一下手，他走过去。门又被中村关上了。

中村咬着牙冲他说：这件事，只能咱们两个人知道，不能让第三个人知道。

侯天喜点点头，望着中村，中村的目光坚定起来。

侯天喜意识到，中村接受了娜塔莎的条件。但中村担忧地道：他们怎么保证铃子会出现，他们不会耍我们吧？

侯天喜就说：你把情报交给我，我拿在手里，铃子不出现，我就把写有情报的纸吃了。

中村看着忠诚的侯天喜，拍了拍他的肩膀：我信任你。

侯天喜联系了娜塔莎，娜塔莎把交易地点定在了江边的一片小树林里，他只身前往。果然走到小树林，他就看到了两名中国人，其中一个人说：要的东西你带来了？

侯天喜把写有情报的纸在手里抖一抖，来人挥了一下手，身后有另外两个人押着铃子出现了。铃子的嘴被毛巾塞上了，头发散乱，衣衫不整。

走在前面的两个人说：我们要验货。

侯天喜只好把那张纸交给了其中一个人，两人把头凑在一起，看了半晌，没说什么，后面的两个人放开了铃子。侯天喜就冲铃子喊：铃子，是中村队长派我来的，快过来。

铃子别无选择地向侯天喜奔来。

铃子被带到中村面前时，控制不住自己，扑在中村身上，嘴里说着：中村君，我以为再也见不到你了。

铃子开始哭泣，劫后余生的喜悦，让她放声痛哭。

中村也红了眼圈。

当天晚上，中村集合了宪兵队，直奔马迭尔饭店，他们的任务是逮捕苏联人。宪兵队里里外外把饭店搜了个遍，却没见一个苏联人。他们转移了，没有人知道他们的去向。

几天后，香港《大公报》和《重庆日报》等报纸，刊登了日本在哈尔滨组建 731 部队的消息，日本人细菌实验的秘密被公之于世。

铃子还是安全地回来了，中村把铃子安排到宪兵队的驻地附近一间民房里。日子看似又太平起来。

侯天喜也没料到，娜塔莎会神秘消失，昔日热闹的马迭尔冷清起来。以前这里是苏联人的大本营，进进出出的人，大都是金发碧眼的苏联人。

731 部队的秘密公布没多久，驻在哈尔滨的苏联总领馆开始向日本人要人，他们认为失踪的苏联人一定被日本人做了医学实验。日本人交不出人，关东军司令部的人就到苏联总领馆解释。张鼓峰和诺门坎两次战役，让日本人向苏联发动战争的想法暂时搁置起来。

苏联向日本关东军要人，关东军无法还人，如果真还了人，将爆出 731 部队更大的秘密，双方就展开了拉锯战。

日本人和苏联人的外交战正不可开交时，宪兵队的中村被神秘地带走了。没有人知道中村被带到了何处。

三天后，关东军司令部任命小野五郎出任宪兵队队长。

小野五郎比中村年轻一些，三十出头的样子。

小野五郎集合宪兵队训话，他扯着嗓子说：你们知道中村队长去了哪里吗？

宪兵们似乎觉得自己犯了错误，都低下头，默不作声，他们的确也不知自己的队长去了何处。

小野五郎就说：他去了关东军军事法庭。

果然，没多久，内部通报说：中村因泄露机密，被军事法庭处以绞刑。

中村被处绞刑后，守备区的人又把铃子带走了。铃子那会儿还不知道中村已被处死，她哀求着要见中村。

铃子被带走后，便失去了消息，没人知道她去了哪里。有人说，她被送回日本了；也有人说，她也被处死了；还有人说，她被送到了日本人的慰安所，当了一名慰安妇……

无论铃子是什么结局，总之，她消失了。

中村不在了，日子还是日子。

小野五郎仍让侯天喜做翻译，他不再像中村一样重用他了。小野五郎是个标准军人，没有那么多事让侯天喜去办，翻译就是翻译。

侯天喜就清闲下来，他从宪兵队的红人变成了现在的闲人。没事的侯天喜会经常在中央大街上走一走，他穿着便装，和其他人没有什么区别。走着转着，他下意识地又来到了马迭尔，还是那个马迭尔。以前，他在这里包了房间，通过娜塔莎发了财，现在娜塔莎不在了，他失去了发财的渠道。房间已经被他退了，他又来到了歌舞厅，这里已物是人非了，没有了金发碧眼的姑娘唱歌跳舞，歌舞厅就冷寂了。酒吧还是那个酒吧，没有了苏联人，酒吧也形同虚设了。他有些失落，也有些惆怅，想起马迭尔辉煌的日子，他在这里如鱼得水，现在他成了孤家寡人。

他离开马迭尔，一步三回头地向前走去。

小野五郎这段日子，迷恋上了去警察局。警局里关着共产党一个大人物，据说已关了好久了，竟没审出一丝一毫有用的东西。小野五郎要亲自出马，和这个共产党的大人物过过招。

过　招

以前中村审过林平，还有哈尔滨守备区以及关东军司令部的一些人都审问过。关东军司令部制定了一个怀柔政策争取林平，他们了解到，林平是中共地下党哈尔滨市委书记，这么个大人物，一定掌握了整个哈尔滨中共地下党的机密，他们要用温柔感动林平。

日本人命令哈尔滨市警察局腾出一个院落让林平居住，那个院落就在警局最里面，一个拱门进去，是一排三间的房子，还有一个小院子。林平就被安排到了这里，一日三餐都有警察送来，还不定时地送来一些报纸。每次日本大人物来审问林平，地点就在这个院落里，有桌子，桌子上摆着茶。审问者和被审问者采用漫聊的方式，但更多的时候，林平不参加这种漫聊，更像是一问一答。

每次的翻译都是马天阳，他坐在桌子一侧，摊开一个日记本，他的样子更像一个裁判。日本人最大的收获是林平承认自己就是中共哈尔滨的书记，但问到其他问题时，他就避而不答了。无论日本人如何威逼利诱，林平就像没听明白日本人问话一样。

每次林平都说：你们不用这样对我，下令把我杀了吧。

林平还说：从历史到未来，凡是侵略者，最终的结局注定都是失败。

审问者哑口无言，只能默默收场。

后来，日本人又许给林平官位，只要他在报上声明脱离共产党，便会在省里给林平谋个职位。

林平淡然一笑：你们日本人任命的任何官员都是非法的，中国人不承认。

日本人好言相劝，林平不为所动；许以高官，他不吃那一套。日本人有些黔驴技穷了，都不想和林平打交道，便把审问林平的任务交给了宪兵队。

小野五郎初生牛犊不怕虎，他审问林平时，是以酷刑开场的。林平重又回到了大牢内。审讯室是地下室，阴暗潮湿，灯光昏暗，如同地狱。

小野要杀掉林平的威风，他认为林平是人不是神，是人就怕疼、怕死。刑罚就是让人受苦受罪，先摧毁被审问者的肉体，再摧毁他的精神。

鞭打、老虎凳、烙铁、辣椒水，然后把林平吊在柱子上，脚似挨非挨地面，昏死过去，用盐水泼醒，血水浸湿了地面，汇成一股溪流流出审讯室。

在行刑的过程中，小野五郎跷着二郎腿在吸烟、喝茶。他欣赏着眼前的场景，一副很受用的样子。

林平昏死过几次，又被盐水泼醒之后，小野五郎挥了一下手，行刑的日本士兵停了手，他又挥手，一盏高温射灯打开了，射向了林平，整个审讯室也陡然亮了起来。小野五郎望着林平，自己坐在暗处，淫笑两声道：林先生，好受了吗？

林平闭上了眼睛，似没有听到小野五郎的话。

在小野五郎审问林平的过程中，马天阳一直站在一旁，他充当了小野五郎的翻译。

林平的表现让他深深地震撼了，看似文弱的林平，在敌人的酷刑下，像神一样，不为所动，一直咬着牙，不让自己叫出声来。在昏死前，他也只是哼一声，像长出了一口气，被冷盐水泼醒后，他就又是一条好汉了。

马天阳是在上学期间加入的地下党，那会儿伪满洲国刚成立，学校搞学生运动，他们经常走上街头，反对建立伪满洲国，反对伪皇帝，反对日本人的侵略。后来他加入了共产党，组织让他潜伏下来，他就很少参加学生运动了，而改成了暗地里操纵学生运动，让学生运动点燃并唤醒更多人。

他刚来到哈尔滨道里警局，就遇到了“李姐”被捕，他还参与策划了营救工作。“李姐”就让他深深震撼了，他了解了共产党人的坚强，为了理想视死如归的精神。那会儿，他对如何成为一个共产党人还没有清醒完整的认识，只觉得“李姐”只是个例。

让他意想不到的是，林平面对敌人时也是风骨凛然，是一个响当当的共产党人，皮肉之苦动摇不了共产党人的信念。

他站在一旁看着林平受尽折磨，他想象着有朝一日，自己面对敌人时应该有的样子，他的腰板一点点挺起来，最后站得笔直。他虽然没受皮肉之苦，他的精神却和林平融在了一起。他在心里说：共产党人流的是同样的血。他甚至激情澎湃了，他亢奋起来。

每次审完林平，魏局长回到办公室都是坐立不安的样子，他一遍遍感叹着：这样的中国人太少了，我说什么来着，靠动武共产党是不会招供的，这才是中国人应该有的样子。

魏局长一回来，收拾房间的小张便自动走到门口。

魏局长心绪难平的样子，坐在椅子上抽烟。

马天阳关紧门道：局长，你小点声，让人听到对你不好。

妈了个巴子，我说的是实话，中国的奴才太多了，日本人一来，都成了哈巴狗，要不然整个东北也不会这么快就亡了。魏局长抖抖地点烟，划了几根火柴才把烟点着。

马天阳一直认为，魏局长是有良心的中国人，是可以争取的对象。但为了不暴露自己的身份，他只能按兵不动，默默观察着。

魏局长自从调到市局做局长，日子过得并不顺心。在道里区时，整个警局的人都是自己带出来的，他想干什么就干什么，也没那么多算计，省心舒心。到了市局，人多是非就多，有三位副局长，他们之间彼此不和，争名逐利，都巴望着魏局长出事或调走，自己坐上局长的位子。魏局长从最下层一步步干到现在，从没长过心眼和谁斗一斗。日本人来之前，他就是警察，警察的任务就是维护社会的稳定，不放过一个坏人，也不冤枉一个好人。这是他做人的准则。因此，才有了一帮兄弟追随着他，他成了众人的大哥。

市局的情况就复杂了许多，这些人不仅争官，还发不义之财。他们经常莫名其妙地下令抓一些人进来，不审不问，关起来再说。

人被抓来，家里人托请三亲四邻找到警察局要人，警局也不说有什么罪，犯了什么法，就是不放人，直到送来钱财赎人，看差不多了，才肯放人。那些钱财自然落入了办案人的腰包。这种敲诈勒索在警局里很常见。

魏局长来了后，曾明令禁止这种做法，但人多手杂，他顾不过来。那么多的案子，抓了那么多人，他没时间更没精力挨个去过问。

他见到过几起这样的案子，被抓的人家属跪在警局门口请愿，他问明白原委，下令放过人。

不久，市里就有人给他打来电话，明里暗里让他不要管得太宽，暗示他睁只眼闭只眼。直到这时，他才明白，警局内部的人和上面有着一条看不见的链条，切断链条就是动了人家的利益。

两个副局长，一个姓邢，一个姓李，两人喝多了酒，找到他办公室，指着他的鼻子说：你以为你魏老三是啥人，嗯？是你命好，你才当上了这个局长。

事后，他才了解到，邢和李两位副局长一直不和，都想当局长，把原来的局长赶走了。两人在市里有不同的关系，一方要提拔姓邢的，一方提拔姓李的，局面僵在那里，最后魏老三渔翁得利，暂时当上了这个局长。

魏局长情况了解得越多，越如坐针毡。他知道迟早有一天，自己也会像前任局长一样，找个理由被免了。

他心里并没把这个局长当个官，作为警察，他只想干警察应该干的事。看透了官场的魏老三，更不管不顾地说实话了，他冲马天阳说：我干好了能咋样，干不好又咋样？最后还不是成为人家争权夺利的炮灰。我就是凭良心说话办事，不让我干拉倒。

魏局长摆出一副光脚的不怕穿鞋的架势。

每次魏局长发牢骚时，小张总是把门关牢，在外面为魏局长放哨站岗。

马天阳一边欣赏他，一边为他担着心。

劫　难

道姑庵的山里，突然响起了枪声。

枪声从上半晌响起的，开始很激烈，很热闹，似乎就在道姑庵不远处。庵里的女人从来没见过这种阵势，有的趴在地上，有的顶着锅盆蹲在角落里，身子颤抖着。有几个年纪大些的道姑，坐在地上开始念经。住持把灯吹熄了，整个庵里漆黑一团。

清平从最初的慌乱，渐渐地平静下来，她意识到这场战斗早晚得打响。前几次，她下山就看见抗联队伍在这一带出没，几个人影在林地里闪现了一下，又消失了。

她走到山外时，还看到了日本清山的队伍，她被日本人搜过身之后才放行，卡车拉着日本军人源源而来。她怕引起庵里的道姑们不安，并没有把自己看到的情况告诉大家。也是从那以后，她不再下山了。

枪声响起时，她就意识到，这是抗联队伍和清山的日本人交火了。最初的慌乱之后，枪声似乎远了一些，她推开庵门走了出去，顺着小路来到庵后面的山头上，庵后面的山头是这里的最高处了。她朝枪响的地方望着，站在高处，枪声似乎离自己更近了一些，隐约间，她似乎还看到了火光，战斗很激烈的样子。过了一会儿，枪声由近到远，向大山深处隐去，她向漆黑的远方眺望着，看不见双方交战的阵势，但她能感受到抗联的队伍在向山的深处撤退，日本人在追赶，她的心就跟着揪紧了。

她回到庵里，用木头顶住庵门，冲躲在角落里的道姑们说：他们都远去了，看不到了。众人松了口气，放松了些许，把头顶着的锅盆放到原位，念经的道姑停止了念经。但隐隐地仍能听到有枪声传来，一阵又一阵，道姑们虽然安心了些，但仍有些心惊肉跳。

这里都是手无寸铁的女人，连个男人都没有，她们没理由不担惊受怕。战争让她们躲到山里，本想躲个清静，没料到山里也不太平，战争就在她们身边。

她们和衣在角落里坐着，小心地谛听着，稀稀落落的枪声一直响到后半夜，终于止歇了。惊吓了大半夜的道姑们终于可以睡个安稳觉了。

清晨，还是每天那个时间，清平醒了，从昨晚到现在，她似乎就只打了个盹。外面和每天这时一样，依旧安静着，仿佛昨晚什么也不曾发生，只是做了一场梦。

清平推门出去，风凛冽着，雪早已经覆盖了山林树木。朔风呼啸着从耳边刮过，她眺望着昨晚枪响的方向，终于看清，昨晚那场战斗离道姑庵并不远，就在另外一个山头的后面。她推开庵门，走下台阶，顺着雪地，试探着向另外一个山头方向走去，后来她就发疯地向前走去，雪地留下她一串深深浅浅的孤单的脚印。她向前走着，越走越快，突然被眼前一片痕迹吸引了，那是人爬出来的痕迹，却不见人。她顺着雪痕的尽头寻找过去，草丛后面爬出来一个人，确切地说是个半大孩子，年纪有十六七岁，也许十五六岁。孩子穿着单薄的衣裤，他受伤了，似乎是腿中了枪，斑斑点点的血迹滴落在雪地上。

孩子看清了她，哑着声音喊着：道姑姐姐，救救我。

她奔过去，孩子撑起上半身，无助地望着她，苍白的嘴唇颤抖着，似乎要说什么。

她没有犹豫，弯下腰，拉过孩子的手，试图要把他扶起来，却并没有成功。她跪在雪地上，搭住孩子半个身子，把他拽离了地面，她拖拽着他向庵里走去。

有两个道姑站在门口，看到了这一切，惊呼一声，奔过来帮她，她们七手八脚地把孩子拖进了庵里。

孩子的伤在腿上，子弹从腿上贯穿过去，因为疼，也因为冷，孩子哆嗦着身子。她让姐妹找了一块干净的布，先是用盐水把孩子的伤口洗了，又把布用盐水浸湿，给孩子包扎上。有人熬了粥，给孩子喝下。孩子的脸颊渐渐有了血色。

孩子缓过来，双手合十道：谢谢你们。

孩子断续着说起了昨晚发生的事。一支抗联小分队下山寻找吃食，撞见了搜山的日本军队，他们撤到山里，日本人在追，就打了起来。小分队被打散了，分头跑进了山里。孩子说他姓金，今年十六岁。

道姑们从来没有见过这阵势，她们望着男孩一筹莫展，都不知如何是好。有了些力气的男孩摇晃着站起身道：我要走了，谢谢姐姐们。

他站立不稳，摇晃着又坐下，气喘着。

清平过来扶住他：你不能走，伤还没好，你走不出这座山。

男孩无辜地望着清平，说：姐，我不能连累你们，日本人还在搜山。

他挣扎着又向外挪去。

一个小道姑慌张地从外面跑进来，变音变调地喊着：不好了，日本人来了。

众人向窗外望去，远处，一队日本兵端着枪向这里摸过来，枪上带着刺刀，一亮一晃的。

男孩欠起身子也看到了，他说：我得走了，不给你们添麻烦。

他站起来，摇晃一下又跌倒，从怀里滚出一颗手榴弹，男孩抓在手里，打开保险，哀求着：姐，求求你们，把我拖到外面去，我要和鬼子同归于尽。

望着窗外越来越近的鬼子，看着眼前的男孩，众人惊慌失措。有人闭上眼睛开始念经，有人又躲到角落里，尽力把身子藏起来。

清平望着男孩，又望眼庵外越走越近的鬼子，她突然俯下身去脱男孩的衣服。男孩清醒过来，挣扎了一下，清平说：放手，听姐的。

清平强行把男孩的衣服脱下来，把自己的道袍也脱了下来。她穿上了男孩的衣服，又戴上了男孩的帽子，想了想，一把夺下男孩手里抓着的手榴弹。

她冲一个姐妹说：把我的衣服帮他穿上，拜托了，你们照顾好他。

说完头也不回地向外奔去。

她推开了屋门，又推开了庵门，绕过庵的后身，向后山跑去，一边跑一边弄出很大声响。

众人看见已到庵门口的日本兵掉转方向，向后山追去。

过了一会儿，似乎很快，又似乎很久，人们听到了一声爆炸，声音并不惊天动地，很平常的一声。

男孩闭上了眼睛，他眼里流出两行泪水。

道姑们下意识地双手合十念经，庵里禅声一片。

十天后，男孩穿着道姑袍离开了道姑庵。他走到庵门口，转过身跪下，低低地说：谢谢姐姐们。

住持双手合十：阿弥陀佛，佛祖会保佑你的。

接下来就是一片诵经之声。

又过了不久，在一天清晨，有人发现道姑庵的后山上，多了一个坟包。人们试探着走过去，那的确是座坟，用土和雪建成的，一棵树上刻着一行字：道姑清平之墓。

清平被人埋在了后山，人们想起了那个姓金的男孩，他是抗联三分队的一名战士。

又过了些日子，她们听香客们说：前些日子，后山发现了一个跳崖的人，没人知道这人是干什么的，尸体就在后山下放着，没多少日子，尸体又不见了。

道姑们想起了后山悬崖，依此推断，清平先是向日本人拉响了手榴弹，然后跳的崖。

道姑们彻夜为清平念经超度着。

国际歌

许多日子了，马天阳走在街上时，跟踪他的那道目光消失了。一连许多日子，那种感觉再也没有出现过，他茫然地站在街上，望着匆匆在身边走过的人群，突然，他有了种被遗弃的感觉。他孤零零地站在街上，仿佛所有的一切已经和他没有关系了，对他来说恍若隔世。

从那以后，他更勤奋地出现在街上，一次又一次寻找着、感受着，曾经有过的那双目光再也没有出现。依旧是陌生的人流，混杂的气味，偶有目光在他身上扫过，也是与他毫无关系。

他想：也许宋鸽生病了，或者近期出来不方便。他努力这么想着，但仍有一种不祥的预感在心头萦绕着。

终于，他没等来那双目光，她消失了。深深的孤独感再次包围了他，他漫无目的地走在街上，天依旧，地亦依旧，时间仿佛静止。仿佛经历了洪荒之后，白茫茫一片真干净。一切还是如初，只是他期盼的、隐藏的希望不再有了。

他听见自己的脚步声和心跳，自己的声音在身边汇聚着，他的耳边莫名其妙地响起《国际歌》的旋律。这首歌他在学校时听到过，在一个同学的家里，一架老式留声机，一张唱片，留声机打开，沙沙的声音响过之后，就淌出这首歌的旋律。刚开始他不知道这首歌的名字，他先是被震撼了，他的身子一紧，有些悲怆，有股力量顺着腰杆升起。凄风苦雨中，一群挣扎不屈的人，他们呐喊着、嘶吼着，爆发出震撼人心的力量。歌放完之后，同学才说：这叫《国际歌》，一个叫欧仁·鲍狄埃的人写的，是位法国人，革命家。他从此记住了这位陌生的外国人。歌的旋律给了他力量，也就是从这首歌开始，他接触党的组织，参加学生运动，反对伪满洲国、伪皇帝……

此时《国际歌》的旋律再次在他耳边响起，经久不息，他挺直腰板，感受到了力量，孤独的力量。“李姐”是首《国际歌》，林平也是，他从他们身上感受到了力量，他们都是《国际歌》，他们汇聚成《国际歌》的一首合唱，气势磅礴，不可阻挡。他觉得自己也变成了一朵浪花，融在这滔滔不尽的滚滚洪流中，是《国际歌》的洪流，是力量的呐喊。

那些日子，只要他一睁开眼睛，这首歌的旋律便伴随着他。

林平被捕几个月后，被怀柔地对待，也被酷刑拷打，日本人一句有用的信息也没有得到。林平对日本人太重要了，如果能攻克林平，他们就能攻克哈尔滨的地下党。日本人绞尽脑汁与林平周旋着。

他们又想到了一种新办法，希望用催眠的方式摧毁林平的意志。催眠医生是从731部队请来的，他们把林平安排在一个房间里，雪白的墙壁，雪白的床铺，一把躺椅。林平解除手铐脚镣被搀扶到房间里。这里被布置成了温柔之乡，731的医生穿着白大褂，衣服袖口印有十字。

日本人让马天阳翻译，让他告诉林平，说是给他治病。

马天阳不知日本人要干什么，但看到眼前的阵势，他意识到这可能是日本人设计的一个阴谋。趁日本医生没注意，他小声地冲林平说一句：小心阴谋。林平看了他一眼，他冲林平点了一下头，然后背过身，帮日本医生准备放到一旁的医疗器材。

林平被安排到躺椅上，医生让林平撸起袖子，日本军人把一小瓶液体抽到针管里，蹲下身子，很有耐心地给林平注射到静脉里。刚开始还睁着眼睛的林平，慢慢地把眼睛合上了。

几分钟之后，医生冲林平叫着，马天阳忙翻译道：你听得见我讲话吗？

林平微微睁开眼睛，目光散乱着，他在寻找着声音，他微微点了点头。

医生满意地一笑，走出房间，冲等在门口的小野五郎道：药效起作用了，只有三十分钟时间。

小野五郎进来了，他穿着便装，拉了张凳子坐到林平的对面。他让马天阳站到林平的头顶上方。

小野五郎冲马天阳说：你问他，他的上级是谁？

马天阳就问了。

林平又眯起眼睛，似看非看地望着他的对面，他的目光别无选择地落在小野五郎的身上。

小野五郎笑着，非常友好的样子，他用蹩脚的中国话道：说吧，我是你的同志。

林平似乎想着，他的眼神依旧涣散着，他说：李……

小野五郎俯下身子，急切地问：叫什么名字？

林平又说了一个字：李……

马天阳向前探了一下身子，让自己的身影进入林平的视线里。林平看到了马天阳，怔了一下，一瞬间眼神又有了神采。他闭上了嘴，同时闭上了眼睛。

小野五郎不死心：林同志，你的下级叫什么？

林平又睁开眼睛，他在寻找马天阳，他看周围的一切都很遥远，似乎又熟悉又陌生。他终于寻找到马天阳那张脸，就在他头的上方，散乱的眼神重新又聚在了一起。他不仅闭上了眼睛，还用手死死抠住躺椅的扶手，在用强大的意志力让自己保持清醒。

很快半个小时到了，林平睁开眼睛，又恢复如初，他的眼神又凝聚在一起，他说：小野五郎，你这是干什么?!

小野五郎的笑就僵在那里，他反身走出房间，门都没来得及关。

马天阳听见小野五郎冲医生说：再给他打一针。

医生说：不能再打了，他已经有了抗体。

小野五郎：为什么不给他多打一些？他都快说出来了。

医生说：多打他就会昏睡过去，你没办法叫醒他。

小野五郎：还有什么办法让他开口说话？

医生叹口气：这个中国人意志太强大了，试验了这么多次，我还是头一次见过这种人。

小野五郎走了，进来两个宪兵，把林平带出去。林平走到门口时，回过头来看了眼马天阳。马天阳站在那里，脸上没有任何表情，目光却和他对视在一起，坚定有力。林平把脸转过去那一瞬间，马天阳似乎看见林平露出了一丝笑容。

一天傍晚，站岗的警员突然把小杨带到了他的房间，警员说：马翻译官，你的表弟来找你。

他望着小杨，惊讶道：表弟，真的是你。

小杨风尘仆仆的样子，他一把抱住马天阳：表哥，我可找到你了。

警员已经走了。

小杨看眼四周，小声地问：这里说话方便吗?

正是刚开晚饭的时间，许多警察吃完饭，一部分忙着去换岗，一部分人准备出勤。

他过去把宿舍门关上，小声地说：快说。

小杨压低声音很快地说：组织决定救出林书记。

他用目光望着小杨。

小杨：组织命令我配合你，把林书记救到城外，那里有人接应。

他沉默在那里，这里戒备森严，想把林书记救出去谈何容易。

小杨说：组织让我告诉你，组织全力配合你，你要有个方案。

他坐在床沿上，冲小杨说：让我想想。

小杨：那我告辞了。你要找我，还是老时间老地方。

他点点头。

小杨打开门。

他冲小杨大声说：表弟我送送你。

因　果

侯天喜是从马迭尔西餐厅喝完酒回宪兵队的路上，被人蒙头带走的。

侯天喜这段时间比较郁闷，铃子事件之后，宪兵队来了新队长小野五郎，小野五郎许多事并不需要他，而是独来独往，对待他这个翻译官也是一副可有可无的样子。许多时候，宪兵队内部开会，侯天喜也无法到场，仿佛他是被日本人防着的外人。

中村在的时候，无论什么场合，都会把他带在身边，就是日本人之间开会，他也会以记录员的角色出现在中村身边。除了购买鸦片、照顾铃子之外，中村俨然也把他当成了自己割舍不掉的左膀右臂。

此一时彼一时，现在的小野五郎视侯天喜如空气。受到冷落的侯天喜情绪就很低落，郁郁寡欢，整日无精打采。

更多的时候，他会在街上闲逛，东瞧西望，不知何时就走到了马迭尔，虽然没了娜塔莎，马迭尔生意也不如以前红火了，但他还是忍不住走进去，有时去酒吧，有时去西餐厅。歌舞厅又开业了，换了另一拨俄罗斯姑娘，唱歌跳舞，陪客人喝酒，气氛生意一如以前，但没了娜塔莎的歌舞厅，对侯天喜来说，有似于无。从一开始，他就知道娜塔莎是干什么的，他只是没有说破。从马斯洛夫事件开始，他和娜塔莎的关系急转直下，娜塔莎不再见他了，直到铃子事件发生后，娜塔莎干脆消失了，因为她的身份已经隐藏不下去了。

虽然娜塔莎是克格勃组织里的人，但和侯天喜交往过程中，让他挣到了钱，还给了他她的爱。那会儿，娜塔莎的公开身份是他的女朋友。他在马迭尔开了房间，就是为了和娜塔莎在一起方便。想起那段日子，他是幸福的，沦落到现在没人搭理的地步，他又很心酸。无聊无趣，没有情趣的生活，他只能用酒精麻醉自己。

这天，他喝得有些多，他喝完酒推开马迭尔的门，走在街上，凛冽的风让他打了个喷嚏。他把大衣抿上，抱着双肩向前走去。有雪落下，是小雪，零零星星的。

对面走来一个男人，穿着大衣，敞着怀，走到他对面时，没有躲让，撞了他肩一下。他趔趄一下，差点摔倒，他回过身去想和这个人理论。

后面一个人走近，就把一个布套套在了他的头上，他挣扎一下，两人过来架住他的手臂。他喊叫着：干什么，知道我是什么人吗？

一块布塞到他嘴里，他再也无法喊叫了。

一个人说：你是什么人，我们当然知道，不知道就不绑你了。

侯天喜意识到自己遇到绑票的了，他的脑子就乱了。

被两个大汉架着，嘴被布塞着，七拐八绕地向前走着。走进一个院，就进了房间，房间很温暖，热气扑面而来。

架着他的两个人松开手，又去掉他的头套，他看见这是一间很宽大的屋子，壁炉里的火熊熊燃烧着。对面一排沙发上，坐着一个苏联男人，长得有点像马斯洛夫，两撇小胡子。男人身边背对着他站着一个女人，看背影似乎有些熟悉。他身旁的两个人，其中一个把他嘴里的布扯开，另一个按着他的肩让他坐下，他身后不知何时多了把椅子。直到这时，那个女人才转过身，原来就是娜塔莎。娜塔莎早已不是歌女打扮了，而是穿着一身正装。她走了几步，坐在苏联男人身边，两人用俄语简短说了句什么，娜塔莎的目光才转向他。

他看到娜塔莎那一刻，心里稍安了些。他干干地咽了口唾液。

娜塔莎叫了一声：麻田纪夫。

他听到这个名字，身子不由自主地颤抖了一下，有冷汗从额头上冒了下来，酒早就醒了。他心虚地望着娜塔莎。

娜塔莎一副胸有成竹的样子：你叫麻田纪夫，侯天喜是你中国名字，你十二岁就来到了中国，在通化随你父亲开采铜矿。后来铜矿被日本政府接手了，你父亲回国了，你却留在了这里。你学了一口好中文，后来你以侯天喜的名字上了中央警察学校，在大学你加入了特高课，直接归川岛芳子指挥。你是个不折不扣的日本间谍。

侯天喜或者说麻田纪夫的头垂下去，汗滴在他的腿上。

娜塔莎此时揭穿了他的身份，他无力抵抗，也无法抵抗。

娜塔莎从茶几上一个牛皮纸袋里拿出一张照片，站在他身边的人过来拿起照片，让麻田纪夫看了一眼。那是一张他与川岛芳子的合影，在“满洲国”皇宫前的台阶上，他一身学生装，川岛芳子则是一身戎装。他记得那一天也是个雪天，雪在他们眼前飞扬，也落在他们的身上。

他长嘘了口气，抬眼望了下娜塔莎。

娜塔莎说：你身边的日本人也不知道你的真实身份，你只和川岛芳子单线联系。你来到了宪兵队，碰到了中村，中村是个大烟鬼，还养了一个女人，这在日本军队是犯法的，你没有报告，为的是在中村身上捞到一些好处。中村对你很信赖。后来，你向我倒卖了日本人的情报，你发了财，过上了一个翻译官无法过上的生活。

侯天喜又想到了自己曾经花天酒地的生活。

娜塔莎：一开始我并不知道你的真实身份，以为你是个有良心的中国人，因此差点爱上了你。还记得我的上级马斯洛夫吧？

侯天喜下意识地看了眼坐在娜塔莎身旁的那个男人。

娜塔莎：当时你提出要见他，我留了一手，我们另外一个同志装成马斯洛夫与你见面。结果你出卖了他，被日本人抓到，以苏联间谍的名义杀害了他。告诉你，这位才是真正的马斯洛夫，我的领导。

侯天喜睁大了眼睛，望着娜塔莎和真正的马斯洛夫。

娜塔莎：我的同事出事之后，我才开始怀疑你，暗中调查你的资料。你吃里爬外，既为日本人干事，同时也出卖日本人。

娜塔莎冷笑着。

侯天喜一下子从凳子上跪到地上，他泪流满面，一边哭一边说：娜塔莎，我对不起你，对不起那个马斯洛夫。

娜塔莎又和身边的马斯洛夫交流了几句，才将头转向侯天喜。

娜塔莎：麻田纪夫，为了给我们的同志报仇，马斯洛夫同志命令，立即处决你。

麻田纪夫脸色苍白，趴在地上胡乱地叫着：娜塔莎，马斯洛夫，饶命，看在我为你们出卖过情报的分上，留我一条命吧。

两个汉子又把他架起来，在他嘴里塞上布，正要套头套。

娜塔莎：等一下。

那两个汉子停住动作。

娜塔莎：麻田纪夫，你转过身来。

麻田纪夫面对娜塔莎把身子站正。

娜塔莎走近两步：让我再看你一眼。

她伸手摸了一下麻田纪夫的脸道：我多么希望你就是侯天喜呀。

娜塔莎挥了一下手。

汉子把头套戴在麻田纪夫的头上，拖了出去。

娜塔莎站在原地，眼里流下两行泪。

马斯洛夫走过来，拍一拍娜塔莎的肩：娜塔莎同志，我知道，你爱过以前的侯天喜。一切都过去了。

马斯洛夫穿好衣服，离开。

娜塔莎无力地坐在沙发上。

第二天一早，麻田纪夫的尸体被吊在江边的一棵树上，树身上贴了一张纸，上面写道：日本间谍麻田纪夫。

日本人发现了尸体，小野五郎很快下令搬走了麻田纪夫，连同那棵树也一同锯断了。

解　救

靠一己之力把林平解救到城外，马天阳做梦也不敢想；让城外的游击队进城直接解救林平，那也等于自投罗网。警察局隔壁就是宪兵队，还有日军的守备司令部，城门口有日本人站岗，就是冒死把林平抢出来，最后的结局也会是让日本人包饺子。马天阳不懂得战斗，更不懂排兵布阵，但他也明白这个道理。组织把这个任务交给他，他只能动用警局的力量，他必须孤注一掷。他想到了魏局长，在这里，最可能帮他的人只有魏老三。从道里区到市局，他一直在魏局长身边工作，他了解他的为人。

一天晚上，他提了瓶酒，又买了只烧鸡，敲开了魏局长的宿舍门。魏局长家在市内，平时局里有规定，只有在周末，他才有机会回家，正常执勤时间，都要在局里值班。

魏局长披件衣服，坐在火盆前正在抽烟，见马天阳提着酒和烧鸡进来，并没多说什么，只把炕上的小桌子上摆的东西放到炕上，这张小桌是魏局长平时吃饭用的。

烧鸡摆上，酒倒在两只饭碗里，两人坐下喝酒，都没有话。喝了几口之后，魏局长抹了下嘴，认真地盯着他问：马天阳，你是不是有什么事找我？

马天阳下了决心，脱口而出：局长，你敢不敢把关押着的林平放了？

魏局长并没有吃惊，他掏出烟来吸，眼睛眯成了一条缝，瞄着马天阳。半晌，又是半晌，小声地说：马天阳，你敢告诉我，你是什么人吗？

马天阳知道自己的成败在此一举，只能破釜沉舟了，他说：局长，我是共产党。

魏局长把半截烟扔到火盆里，把剩下的半碗酒一口喝干，马天阳愣愣地望着魏局长。

魏局长抹下嘴：宋鸽被捕的时候，我就怀疑过你，你不承认。我只能在暗中观察你，不用你说，我早就知道你是共产党的人。

马天阳又把酒给魏局长倒上，叫了声：局长，既然你知道我是什么人，又没把我送到日本人那儿去，看来你这是要帮我了？

魏局长并没多说什么，端起酒碗和马天阳放在桌子上的碗碰了一下，喝了一大口，长叹一口气道：你是要拉我下水了。

马天阳：除了日本人，现在只有你有能力救林先生。

魏局长又点了支烟：城外的事安排好了吗？

马天阳忙点头：只要把林先生救到城外，城外有人接应。

魏局长把眼睛眯上，半晌过后抬起头道：你给我三天时间，到时听我信。

马天阳举起碗一饮而尽。

魏局长：林先生是条汉子，三天内日本人不会对他下手，这你放心。

马天阳的心快速地跳着，他来前下定决心公开自己的身份，最坏的结果是魏局长不帮忙，但他断定魏局长不会伤害他。出乎他意料的是，魏局长这么快就决定来帮他。这是他做梦也不敢想的。

他离开魏局长时，看见小张站在门口冲他笑。他拍了拍小张的肩膀，脚高脚低地向回走去。

第二天，魏局长大张旗鼓地安排一家老小回了一面坡。当年闯关东时，一面坡是他的落脚点，他是从一面坡来到哈尔滨的。他对过问的人说：这快年关了，老婆孩子要回老家看一看。

他一直把一家老小送出了城，在城外租了个爬犁，马拉着爬犁，向一面坡方向而去，他一直望不见了，才转身进了城。他又去了一趟道里警局，说是视察工作，召集警局一些人开了半天会。做这些时，小张一直寸步不离。

魏局长来到了道里警局，小张随行而来，却没进去。他四处走一走，看一看，这里到处是熟人，他挨个宿舍坐了坐，有的给他倒了杯水，有的给他一把瓜子，亲热得跟自家兄弟似的。

两人回到市局魏局长办公室时，魏局长坐下来，抽了支烟，把烟头按灭在烟缸里，声音低缓地说：妥了，明天咱们一早就行动。城外的事你去安排一下。

魏局长从送一家老小出城那一刻开始，马天阳就坚信魏局长不会食言，包括去道里警局，他把这当成魏局长和弟兄们的告别。

他去了趟米店，找到了小杨，告诉小杨解救林平的行动就在明天。

第二天一早，道里区来了两个警察，是开着车来的，魏局长带着马天阳还有那两个警员来到了关押林平的住处。这是一间阴暗潮湿的房间，一天到晚只有一盏十五瓦的灯在亮着。

市局两个刚接岗的警察在抽烟聊天，见到了魏局长忙把烟踩到脚下，魏局长摆摆手说：皇军有令，提审林平。

两个警察忙把关押林平的铁门打开，林平戴着手铐、脚镣正坐在房间的角落里。他是穿着单衣被捕的，此时也没有加衣，单衣早已在行刑时被打得破烂不堪了。

魏局长看了眼林平，冲市局的两个警察说：把脚镣打开。

警察照做了。

道里区的两个警察把林平搀起来，往外面走。魏局长冲开脚镣的警察道：把你的大衣给他披上。

警察脱去自己的大衣，披在林平身上。一行人走到门口时，市局的一个警察问：局长，那我们呢？

魏局长头也不回地道：待在这里，一会儿就回来。

两个警察应了一声。

道里警局的两个警察护送林平上了车。魏局长的车也开了过来，他冲马天阳使了个眼色，一起上了车。小张随在后面也上了车。马天阳看眼小张，这次小张并没有笑，一脸严肃。

魏局长的车带队，后面的车跟上，一起驶出了警局。

出城时，马天阳看到城门一带多了一些警察的身影，这些警察他大都认识，都是道里区的警察。

城门岗哨是日本人把守，负责审查进出城的人员和车辆，魏局长把一张盖有警局大印的证明交给马天阳道：下去和他们说，我们要去城外押送犯人。

马天阳就和日本人交涉，并出示了盖有警局的大红印章的文件。

日本人挨个车看了看，最后看到了两个警察押解着的林平，很快就放行了。

车一出城门，魏局长就冲司机说：把车开快点，有多快开多快。

车就疯了似的往前跑去。马天阳看到后面那辆车也紧紧跟着。车一出城，马天阳的心就狂跳不止。已经接近胜利了，他的目光向远处眺望着，希望能看到接应的抗联队伍。

前方有几个戴着皮帽子穿着大衣的人，不紧不慢地在路上转悠，警车路过他们身边时，他们连多看一眼都没有，而是盯着城里的方向。

再往前走，他就看到了几个人站在一个土坎下，有两辆马拉爬犁停在路边。这是小杨告诉他的接应人，四个人，一个人举着鞭子，鞭子上缠着红布，果然，他看见了红布。他说：魏局长，这就是了。

车就停了，后面的车差点撞到前车上。

后面的两个警察马上把林平扶出车门，马天阳冲拿着鞭子的人走过去，叫了一声：是抗联的同志吧？

那人甩了下鞭子，这是他们的接头暗号。

马天阳走过去，抓过同志的手握在一起，举鞭子的人说：快上爬犁。

魏局长、林平、马天阳和小张上了爬犁。

又举了一下鞭子，在空中甩出一声脆响，马便拉着爬犁，箭一样地向前驶去。

远处传来了枪声，枪声越来越密。

赶爬犁的人说：别怕，我们的人在掩护。

马天阳想到了那几个戴皮帽子的人，想必就是掩护他们的抗联战士了。

爬犁很快驶进了山沟，越过一道岭，爬犁就停了下来，前面出现了一群人，他们一起向爬犁围过来。马天阳在人群中看到了陈书记，他戴着狗皮帽子，身穿羊皮袄，胸前别了两把枪，俨然成了抗联游击队的指挥员。

另一个人一把抱住魏局长，叫了一声：老魏，可想死你了。

魏局长和那人拥抱着。

有几个游击队员过来，把林平书记抬下爬犁，他们来到了抗联的驻地。

马天阳这才知道，魏局长早就是抗联的内线，小张就是他的联络员，刚才和他拥抱的那个人姓程，是支队长，陈书记是这个支队的政委。

魏局长像回到家里一样，跟这个握手，跟那个拥抱。

马天阳看到了站在人群后的小张，他走过去，握住小张的手，小张咧嘴冲他笑了笑。

这次营救林平书记，抗联支队损失了一个小分队。一些道里区警局的人跟着出来了。原来魏局长早就安排好，带着道里区警局的人一同加入抗联。

过了大半天，道里警局的人在抗联人员带领下，陆陆续续地赶到了抗联支队。

第二天，林平书记就被上级接走了。

五 年 后

东北解放了。

此时身为中国人民解放军第四野战军第二纵队营长的马天阳，在完成肃清围剿残匪的战斗后，来到了长春郊外的小孤山。山上的道姑庵香火依旧旺盛，山坡上一座孤坟很醒目，刻在树上的“道姑清平之墓”几个字已扭曲变形，但依旧清晰。

坟已长满了荒草，草青草黄已有几个春秋。马天阳蹲在墓前，抓起一把墓上的泥土，用力攥着，泥土从手心里流走。

他的眼睛湿润，望着荒草遮掩的坟地，又想起了当年宋鸽在火车上和他眼神交流的那一瞬，和两个人以后的故事。马天阳从挎包里拿出一沓信，是宋鸽当年写给自己压在联络点排椅下的信件，有十几封。马天阳划了根火柴，一封信被点燃，然后十几封信同时燃烧了。火光中宋鸽冲马天阳笑着，灿烂如花。

火终于熄了，宋鸽在他眼前消失。他站起身，望着墓地，举起右手，向墓地敬礼。

不远处，十几个道姑袖着手望着这一幕。

马天阳整理一下军装，向山下走去。

三十年后

三十年后的马天阳离休了，还算年轻，六十年的风雨，让他的身体仍然健朗。

三十年的时间，仿佛弹指一挥间。东北解放之后，部队就一直南下，一直到了天涯海角，后来部队又回到东北剿匪。那会儿，马天阳已经是团长了。又剿了两年土匪，朝鲜战争爆发后，他随第二批入朝的队伍参加了第三、第四次战役，后来队伍又回国休整。

那会儿居无定所，他的家小也随着队伍迁来迁去，部队开拔，家眷老小便留在留守处。每个部队都有自己的留守处，部队走了，一些老小在留守处里生活。朝鲜战争爆发时，老大出生了，叫回朝，老大是队伍又一次回到东北后出生的。那会儿，除了台湾，全国都已经解放，胜利了，队伍又回到了出发地，儿子降生了，便叫了回朝。

爱人柳梅，是当时战地医院的一名护士。马天阳受过几次伤，每次住院都是柳梅做他的护士，悉心照料他，还偷偷地为他煮过鸡蛋，热热地放在他的床头。

柳梅口罩后面有一双会说话的眼睛，医护人员大多数时间都戴着口罩，唯一露出来的是眼睛，这双眼睛打动了他。透过柳梅的眼睛，他似乎看到了宋鸽的眼睛。记得第一次见到宋鸽时，是在去往哈尔滨的火车上，他看见她第一眼时，她正望着火车什么地方沉思，她的眼睛就像会说话一样。初见一个人时，更多时候只能记住对方的眼睛，就因为柳梅有一双和宋鸽相似的眼睛，渐渐地两个人好上了。海南岛解放前，两人结了婚。

不知为什么，最初的日子，马天阳一直把柳梅当成宋鸽，有几次名字都叫错了。

柳梅就问：宋鸽是谁？

他哑然，心里的滋味莫可名状。

直到队伍又一次回到了东北，在一个周末，马天阳带着柳梅来到了宋鸽的坟前。那会儿柳梅马上就要生产了，挺着肚子，气喘吁吁地爬上山。在宋鸽坟前，她听到了宋鸽的故事，从那以后，她理解了马天阳，也了解了宋鸽。

从朝鲜战场回来之后，部队开始整编，他主动要求来到哈尔滨工作，他成了哈尔滨守备区的司令。

当年的魏局长，已经到黑龙江省委工作了；当年的小张，在哈尔滨公安局任职，直到现在。小张名字叫张不雀。为什么叫这个名字，他问过小张，小张笑着说：当时出生时，我娘怕我飞了。说完就笑，和当年一样的憨态。

马天阳回到哈尔滨，觉得这里才是自己的家，是梦开始的地方。

他刚到哈尔滨时，约老魏和小张在马迭尔吃了顿饭，那里已经没有俄国人了，哈尔滨解放后，这里被人民政府接管了。那次，他吃的是牛排，喝的是红酒。牛排和红酒已经不是当年的味道了。当年是俄国人做厨师，现在是中国人；当年红酒是法国的，现在是通化葡萄酒。物是人非。那天他们喝高了，走出马迭尔，来到中央大街，他唱起了《三套车》，老魏和小张也一起唱了起来。他们的眼前又出现了往昔的岁月，他想到了娜塔莎和她的那些姐妹。

他们回望马迭尔，似乎又看到了往昔的中央大街和马迭尔饭店……

道里派出所

马天阳已经在黑龙江守备区任职了，一晃马回朝已经是二十多岁的大小伙子了。马回朝高中毕业，在北部边陲的哨所当了三年兵，三年之后他复员了。在找工作时，马天阳想到了当年的小张，现在的张不雀。小张在市公安局任职了，马天阳带着儿子，在某一天上午出现在张不雀办公室里，张不雀吃惊地迎接这一对父子。

马天阳坐在张不雀办公室的沙发上，指着儿子道：儿子从部队上回来了，我要让他做公安，回道里区。

伪满洲国的道里区警察局对马天阳和小张有着特殊的意义。当年他们就在这里各自留下了不可磨灭的印记。回朝复员了，马天阳甚至没征求儿子的意见，毅然决然地让马回朝回道里区做一名公安战士。

当年的小张已经是公安战线上的一名老领导了，对战友的求助，当然不能回绝。在小张的帮助下，马回朝成了道里区派出所的一名民警。

此时，道里区派出所的办公地点仍然是伪满时期的警局所在地，但早就翻新了，过去的建筑已没有任何痕迹了。

马回朝去派出所报到那天，是马天阳亲自送他去的，派出所所长还有政委亲自出来迎接，首长长首长短地叫着。马天阳冲所长和政委摆摆手道：马回朝来了，以后他就是你们的一个兵，你们要多教育。

所长和政委一边笑一边点头道：将门出虎子，回朝一定错不了。

马天阳站在派出所院里打量着，门口的青石板小路，是当年留下来的唯一见证了。当年他一次次顺着这条石板小路走出去，又走回来，他再次走上这条小路时，心情就复杂起来。

马回朝办完入职手续，送父亲离开时，父亲打量着派出所道：知道为什么让你到这儿来工作吗？

回朝抬起头，望着父亲小声地说：当年你就在这里参加的地下工作。

马天阳重重地望了眼儿子，没再多说一句话，走过石板路，上了他的专车，没再回头。

马回朝望着消失的父亲，心里五味杂陈。

父亲走了，他仍能够嗅到父亲的气息，他想象着父亲当年的岁月。

马回朝在道里区派出所工作了十几年后，自己都当上派出所长了，父亲退休了。

寻　找

马天阳退休后的一天，他正站在院子里练剑，马回朝带着一位俄罗斯中年男子走了过来，马天阳不明白儿子为什么把一个俄罗斯人带过来。俄罗斯男子戴着眼镜，一副知识分子的模样。

儿子走到他身边，小声地说：爸，这位是黑龙江大学的访问学者，叫尼克诺夫，他要找你。

尼克诺夫从公文包里拿出一张照片道：马先生，你认识这张照片吗？

马天阳把手里的剑放到一棵树下，拍了拍手接过尼克诺夫的照片。他先是眯了眼，又把照片拿到远处，睁大眼睛，他看清了，照片上的三个人，他站在中间，左手边的是娜塔莎，右手边的是宋鸽。三个人冲镜头微笑着，拍摄地点就是马迭尔的西餐厅，那天是娜塔莎的生日，侯天喜做东。这张照片就是侯天喜拍摄的。他还记得外面下着雨，三个人都穿着毛衣。

他放下照片，惊讶地望着尼克诺夫：我就是照片上的这个人，你是？

尼克诺夫用熟练的中文说：马先生，终于找到你了。

尼克诺夫伸出手，用力地握住马天阳的手摇动着说：马先生，我受我母亲娜塔莎的嘱托来找你，没想到，真的找到了。

一提起娜塔莎，马天阳的眼睛潮湿起来，他又想起了昔日的岁月，虽然他们不是战友，但都各自为反法西斯战斗着。

他凝视着尼克诺夫道：你母亲娜塔莎还好吗？

尼克诺夫道：我母亲还好，她一直想念你。我到中国来做访问学者也是她的主意，她一定让我来中国，一定找到你。

那天，马天阳了解到，娜塔莎回国后，就到外事部门工作了，负责亚太事务，前几年也退休了。儿子尼克诺夫是莫斯科大学的一名老师，从小就听母亲娜塔莎讲过中国的哈尔滨，讲起她战斗过的地方，提到最多的就是马天阳。尼克诺夫上大学时，学的就是中文专业。母亲老了，退休了，这次尼克诺夫所在的大学正好有机会和中国的教授进行交流学习，尼克诺夫来到了哈尔滨，受母亲委托，一定要找到照片中的马天阳。

那天晚上，马回朝安排父亲和尼克诺夫又去了马迭尔西餐厅吃饭。马天阳把珍藏多年的茅台酒送给尼克诺夫喝，席间，马天阳恍若又回到了当年。他唱起了《喀秋莎》。他刚起了一个头，尼克诺夫和马回朝两人也大声地唱了起来，引得许多人注目。

不知不觉间，三个人都流下了友情的泪水。

最后，马天阳举起一杯酒道：祝你母亲娜塔莎身体健康。

说完一饮而尽。

从那以后，尼克诺夫每次来哈尔滨，都会带来母亲捎给马天阳的小礼物，一组套娃，还有小孩穿的布拉吉等等。

马天阳把在哈尔滨郊区拾得的几片枫叶装到一个信封里，让尼克诺夫捎给娜塔莎。

两个老人的友谊就这样互相传递着。

马天阳一想起娜塔莎，就想起了往昔岁月：飘着雪花的哈尔滨，他去约见宋鸽，宋鸽在江边的排椅旁静静地等着他，外衣已沾满了雪花，他替她拍去身上的落雪，宋鸽就那么幽幽地看着他。

当时他并不知道娜塔莎是个革命者，直到娜塔莎消失，全城搜捕这些苏联人，他才意识到这些苏联姑娘都是搜集情报的特工，当然侯天喜的死，也与她们有关。娜塔莎消失，侯天喜死亡，他才知道侯天喜是日本特高课的人。苏联人替中国人锄掉了一颗埋在自己身边的定时炸弹。

岁　月

马天阳一直惦念着娜塔莎，他让儿子马回朝给尼克诺夫写信。尼克诺夫做访问学者只有一年半的时间，他早就回到俄罗斯了。信的内容是写给娜塔莎的，希望娜塔莎能够再来一次哈尔滨。不久，尼克诺夫回信了，他说，母亲也思念哈尔滨，思念马天阳，因工作关系暂时无法赴约。

马天阳只能等待了，冬去春来，从飘雪到落雨，后来马回朝都退休了，孙子都上了大学。岁月的雕刻让马天阳真的老了。往昔在他眼前忽远忽近，时空颠倒，往昔的一切，仿佛就在昨天，几次梦里醒来，穿好衣服要出门，都被看护他的马回朝拦下了。马天阳瞪着眼睛道：我要去送情报。

马回朝知道父亲这是糊涂了，便伸出手道：情报我替你去送。

马天阳怀疑地望着马回朝，马回朝就说：我是老公安，请你相信我。

马天阳犹豫着从怀里掏出一个小纸片，递到马回朝手里道：江边第三个排椅下。

说完走回床边躺下。

老年的马天阳，想着的还是情报。

时间到了 2015 年，世界反法西斯纪念日。马天阳接到了军委邀请，去北京参加阅兵。对于一个老兵，这是最大的荣誉了。出发那天，他戎装在身，胸前别满了不同时期的军功章。马回朝作为马天阳的看护人也一同前往。

阅兵那天，因为马天阳年纪太大，只能坐在观礼席上。

盛大的阅兵开始了，先是步兵方阵，然后是装载先进武器的车阵滚滚地在眼前驶过，马天阳一直泪流不止，他的右手一直向着阅兵的队伍敬着军礼。当俄罗斯方队走过广场时，熟悉的音乐响起，他禁不住跟着唱了起来。他颤颤地站起来，儿子马回朝扶着父亲，父亲的声音越唱越大，泪水早已湿了脸颊。

阅兵结束，马天阳住的宾馆房门被人敲响，大使馆的武官领着一位年轻的俄罗斯士兵站在门前。武官询问道：请问这里住着马天阳老将军吗？

开门的马回朝问道：您找我父亲？

武官把年轻士兵往前推了一下道：这位是娜塔莎的孙子，想见一下马老将军。

马天阳听到是找自己的，已从沙发上站了起来，年轻人嘴里激动地说着什么，武官翻译道：他受奶奶娜塔莎的吩咐来找马老将军，希望合张影带回去。

马天阳坐在沙发上，娜塔莎的孙子站在一旁，武官帮他们拍下了这张珍贵的合影。

照完照片，娜塔莎的孙子又提出：我能替我奶奶拥抱你一下吗？

一老一少拥抱在一起。

武官也把这感人一幕记录在他的镜头里。娜塔莎的孙子告辞了，站在门口向马天阳敬了一个标准的俄罗斯军礼。

从那以后，马天阳老人的嘴里会经常哼唱起俄罗斯的歌曲，虽然不连贯，只是个调。

马天阳经常坐在院里向远处眺望着，没人知道他想的是什么。

图书在版编目(CIP)数据

关东往事 / 石钟山著. -- 北京 : 中国文史出版社,
2023.2
(中国专业作家作品典藏文库. 石钟山卷)
ISBN 978-7-5205-3669-1

Ⅰ. ①关… Ⅱ. ①石… Ⅲ. ①长篇小说-中国-当代
Ⅳ. ①I247.5

中国版本图书馆 CIP 数据核字(2022)第 165278 号

责任编辑: 牟国煜

出版发行: **中国文史出版社**
社　　址: 北京市海淀区西八里庄路 69 号院　邮编: 100142
电　　话: 010-81136606　81136602　81136603（发行部）
传　　真: 010-81136655
印　　装: 北京新华印刷有限公司
经　　销: 全国新华书店
开　　本: 720×1020　1/16
印　　张: 13.75　　字数: 138 千字
版　　次: 2023 年 2 月第 1 版
印　　次: 2023 年 2 月第 1 次印刷
定　　价: 54.00 元